Matthew Costello
Neil Richards

Mydworth – Tod im Mondschein

AF185955

MYDWORTH – Ein Fall für Lord und Lady Mortimer. Die Serie

Ein glamouröses Ermittlerduo, ungewöhnliche Verbrechen, schnelle Autos, schicke Kleider und rauchende Revolver – das ist Mydworth, die neue Serie von Matthew Costello und Neil Richards, den Autoren der britischen Erfolgsserie Cherringham. Sir Harry Mortimer, der ehemalige Spion im Dienste ihrer Majestät, ermittelt zusammen mit seiner umwerfenden Ehefrau Kat, die es mit jedem Bösewicht aufnehmen kann! Mydworth ist eine spannende Zeitreise ins England der 20er Jahre – für Fans von Babylon Berlin, Downton Abbey, und Miss Fishers mysteriösen Mordfällen.

Die Hauptfiguren

Sir Harry Mortimer (32) kehrt nach langer Zeit im Ausland in seinen Heimatort Mydworth zurück. Der Sohn der wohlhabenden englischen Adelsfamilie hat als Pilot im Ersten Weltkrieg gekämpft und war danach zehn Jahre offiziell im diplomatischen Dienst tätig – in Wirklichkeit aber arbeitete Harry für den britischen Geheimdienst. Bei einem Einsatz in Kairo trifft er die wunderschöne Amerikanerin Kat Reilly, die ebenfalls verdeckt für ihre Regierung arbeitet. Die beiden verlieben sich und heiraten nach einer stürmischen Romanze. Das ungleiche Paar beschließt, zusammen nach England zu ziehen, um zur Ruhe zu kommen und sich dort ein beschauliches Leben aufzubauen. Aber es kommt anders als geplant ...

Kat Reilly (32) kommt aus einer anderen Welt als ihr adliger Ehemann. Sie stammt aus New York und ist in ärmlichen Verhältnissen in der Bronx aufgewachsen. Aber sie ist tough, intelligent und abenteuerlustig. Sie erkämpft sich ein Stipendium an der Universität, arbeitet im Ersten Weltkrieg als Krankenschwester auf den Schlachtfelder Frankreichs und wird dann vom amerikanischen Außenministerium rekrutiert. Ihr scharfer Humor und ihre modernen Ansichten bringen frischen Wind in das verschlafene Mydworth. Aber an ihre Rolle als Lady Mortimer muss sie sich erst noch gewöhnen ...

Über die Autoren

Matthew Costello ist Autor erfolgreicher Romane wie Vacation (2011), Home (2014) und Beneath Still Waters (1989), der sogar verfilmt wurde. Er schrieb für verschiedene Fernsehsender wie die BBC und hat dutzende Computer- und Videospiele gestaltet, von denen The 7th Guest, Doom 3, Rage und Pirates of the Caribbean besonders erfolgreich waren. Er lebt in den USA.

Neil Richards hat als Produzent und Autor für Film und Fernsehen gearbeitet sowie Drehbücher für die BBC, Disney und andere Sender verfasst, für die er bereits mehrfach für den BAFTA nominiert wurde. Für mehr als zwanzig Videospiele hat der Brite Drehbuch und Erzählung geschrieben, u.a. The Da Vinci Code und, gemeinsam mit Douglas Adams, Starship Titanic. Darüber hinaus berät er weltweit zum Thema Storytelling. Bereits seit den späten 90er Jahren schreibt er zusammen mit Matt Costello Texte, bislang allerdings nur fürs Fernsehen.

Seit 2013 schreiben das transatlantische Duo Matthew Costello und Neil Richards die Serie CHERRINGHAM, in der inzwischen 34 Folgen erschienen sind. MYDWORTH ist ihr neues gemeinsames Projekt.

MATTHEW COSTELLO
NEIL RICHARDS

MYDWORTH
EIN FALL FÜR
LORD UND LADY MORTIMER

Tod im Mondschein

Aus dem Englischen von Sabine Schilasky

beTHRILLED

Vollständige ePub-to-Print-Ausgabe des in der Bastei Lübbe AG
erschienenen eBooks »Mydworth – Tod im Mondschein« von
Matthew Costello und Neil Richards

»be« – Das eBook-Imprint der Bastei Lübbe AG

Für die Originalausgabe:
Copyright © 2019 by Bastei Lübbe AG, Köln
Titel der britischen Originalausgabe: »Mydworth Mysteries – A Little
Night Murder«

Für diese Ausgabe:
Copyright © 2019 by Bastei Lübbe AG, Köln
Textredaktion: Julia Feldbaum
Lektorat/Projektmanagement: Kathrin Kummer
Covergestaltung Kirstin Osenau unter Verwendung von Motiven ©
Richard Jenkins Photography; © bonetta / iStockphoto; ©
shutterstock: majeczka | maodoltee | Mallari | Oniks Astarit | David
Hughes | mikolajn | Allexxandar | Fanya
E-Book-Produktion: 3w+p GmbH, Rimpar (www.3wplusp.de)

ISBN 978-3-7413-0149-0

www.be-ebooks.de
www.lesejury.de

Prolog

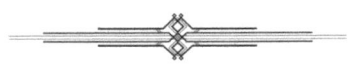

Vorsichtig kletterte Syd Buckman über den wackligen Zaun auf die alte Straße nach Arundel und legte den Leinenbeutel ab. Sein Gehör stellte sich langsam auf die nächtlichen Laute ein. Oben auf dem fernen Hügel, im dunklen Wald, erklang der Schrei einer Eule. Syd wartete auf den Antwortruf – und da war er, vielleicht eine halbe Meile weit weg.

Aus dem Tal dröhnten Stimmen zu ihm herauf. Von hier aus war Mydworth nicht zu sehen, doch dieses Geräusch kannte Syd gut: Das King's Arms schloss. Er glaubte sogar, Gelächter zu hören, und schmunzelte.

Die übliche Horde, die wenig gewillt ist, heim zu den ungeduldigen Frauen zu torkeln.

Ein leises Rascheln auf dem Feld vor ihm bewirkte, dass er sich eilig umdrehte. Im fahlen Schein der dünnen Mondsichel konnte er die Reihen hohen Korns in der Finsternis verschwinden sehen. *Ein Fuchs? Nein. Etwas Kleineres.*

Froh, dass er hier oben allein war, nahm er seinen Beutel auf, schwang ihn sich über die Schulter und machte sich auf den Weg die Straße hinauf zu dem fernen Hügel und dem Wald.

Es war nach elf, und er erwartete nicht, jemanden zu

7

treffen. Alle Pubs hatten geschlossen. Und die guten wie die nicht ganz so guten Menschen von Sussex würden bald in ihren Betten liegen, um den Schlaf der Gerechten oder der Faulen zu schlafen.

Die guten Menschen von Sussex, dachte er. Zu denen zählte er nicht, so viel stand fest.

Er lächelte vor sich hin und hob seinen Beutel auf die andere Schulter. Schwer war er nicht, nur unförmig.

Es ist nicht einfach, ein Lee-Enfield-Gewehr zu verstecken.

Der alte Army-Beutel seines Vaters war nicht lang genug, um den Lauf vollständig zu verdecken, sodass ein Teil oben aus dem geschnürten Ende lugte. Aber in einer dunklen Nacht wie dieser konnte Syd gewiss sein, dass niemand die Laufspitze bemerkte, solange er den Beutel dicht an seiner Seite hielt.

Ich will ja nicht irgendeinen alten Burschen erschrecken, der nach einigen Pints auf dem Heimweg ist. Oder, schlimmer noch, einen neugierigen Polizisten auf der Suche nach Ärger.

Nicht heute Nacht.

Er hatte viel zu tun.

Zehn Minuten später erreichte Syd die vertraute Biegung, an der das Shreeve-Anwesen begann. Hier wich der Zaun einer robusten Mauer, von der Syd wusste, dass sie über einige Meilen verlief: zunächst entlang der Straße, dann nach Norden um das Haupthaus herum und auf der anderen Seite zurück bis an diese Stelle.

Sie umrahmte tausend Morgen Wald, Wiesen, Hügel und Täler, Rinder- und Schafherden. *Und Wild.*

Wild, das zu Hunderten frei herumlief.

Jedes einzelne Tier war eine hübsche Summe wert, sofern man den richtigen Metzger kannte. Und er kannte den richtigen.

Er musste nichts weiter tun, als die Ware zu liefern.

Ohne Frage konnte er das. Wie sein Vater – und dessen Vater vor ihm.

Ich schätze, wir Buckmans sind schon seit Wilhelm dem Eroberer in diesen Wäldern unterwegs. War er es nicht, der sie den Leuten weggenommen und zum königlichen Jagdgrund erklärt hat?

Syd spuckte auf die staubige Straße. Dann wanderte er an der Mauer entlang, bis er die lockeren Steine fand, die er vor rund einem Monat losgemeißelt hatte. Sie waren ideale Steighilfen, wenn man wusste, wo sie sich befanden.

Mühelos zog er sich nach oben.

Einen Augenblick später war er über die Mauer geklettert und hockte auf der anderen Seite in der dunstigen Dunkelheit des Waldes.

Er zog den Beutel von seiner Schulter, nahm das Gewehr heraus und richtete es sorgsam gen Boden.

»Egal wie sicher du bist, dass es nicht geladen ist – behandle ein Gewehr immer so, als wäre es geladen«, hatte sein Vater ihm beigebracht, als er noch ein kleiner Junge gewesen war. Und obgleich der Alte ein versoffener Mistkerl war, bei Gewehren wusste er, wovon er redete.

Syd fühlte das Gewicht der Waffe. Er mochte den vertrauten Geruch von geöltem Metall und Holz ebenso wie die glatt geriebene Oberfläche des Schaftes.

Nun griff er nach den Patronen in seiner Tasche, bei denen es sich um lange, spitze Messinghülsen handelte.

Der richtige Schütze, und sie sind tödlich.

Er löste die Sicherung, zog den Bolzen nach hinten und gab eine nach der anderen fünf Patronen in den Magazinschacht.

Behutsam ließ er den Bolzen wieder einrasten, was vollkommen lautlos geschah, und sicherte die Waffe.

Nachdem er sich den Beutel über die Schulter gehängt hatte, richtete er sich auf, das Gewehr in beiden Händen, und ging langsam tiefer in den finsteren Wald, wo seine Stiefel kein Geräusch auf dem weichen Moos machten.

Sein ganzer Körper, all seine Sinne waren auf die Gerüche, die Laute und die Atmosphäre des lebendigen Waldes konzentriert. Er achtete auf verräterische Zeichen von Wild – Hufspuren, Losungen, Geweihfurchen an Baumrinden.

Dieser Moment war stets aufs Neue aufregend. Nie sonst fühlte er sich lebendiger. *Trotz der Gefahr, ertappt zu werden.*

Nun gab es kein Zurück mehr. Mit dem geladenen Gewehr in der Hand könnte er nicht leugnen, was er mitten in der Nacht auf einem Privatgrundstück trieb. Und dafür gab es nur ein Wort … *Wilderei.*

Syd hockte sich an eine uralte Eiche und legte das Gewehr quer auf seinen Schoß. Sein Atem ging ruhig, und er achtete aufmerksam auf die Bewegungen im Wald.

Schon vor einer Weile hatte er eine Herde von Hirschen entdeckt und war eine halbe Meile weit geduckt um sie herumgewandert, bis er hier gelandet war, verborgen zwischen den Bäumen und gegen die Windrichtung für seine auf einer Lichtung äsende Beute.

Bereit für sie.

Er wusste, dass sie in seine Richtung laufen würden, weil sie der Reihe von Lichtungen folgten, hin und wieder zum Äsen verharrten, durchs Unterholz streiften und weiterzogen.

Nicht ahnend, dass sie sich mit jedem Schritt näher auf ihren Jäger zubewegten.

Und jetzt waren sie hier.

Durch die Bäume konnte er den Leithirsch gerade

noch ausmachen – den Kopf mit dem großen Geweih hoch aufgerichtet. So stand der Bursche vor seiner Herde, bevor er sie langsam auf Syd zuführte.

Hinter ihm sah Syd die anderen, die äsend die Köpfe gesenkt hatten. Hin und wieder blickten sie nervös auf, wenn sie etwas hörten, hielten geschlossen inne und starrten angestrengt in den Wald, bevor sie sich wieder dem Grasfressen widmeten.

Sie hatten Syd nicht gesehen, und solange er keinen einzigen Muskel rührte, würde sich das auch nicht ändern.

Er musterte die Herde, die nur fünfzig Meter entfernt war, und wählte sein Ziel aus.

Dort. Der junge Bock war ein prächtiges Tier, kräftig und gesund, außerdem nicht zu schwer, um ihn zu tragen.

Denselben Bock hatte Syd schon die letzten zwei, drei Male hier oben gesehen und ihn als mögliche Beute auserkoren.

So gern er auch den großen Bock erlegt hätte … Syd wusste, dass er mehrere Leute brauchen würde, um das Tier aus dem Wald zu tragen. Aber der junge Bock? Oh ja, den konnte er allein bewältigen.

Als hätte das Tier ihn gehört, blickte es auf und mit sanften, beinahe vertrauensvollen Augen in Syds Richtung.

Immer wieder ein großartiger Moment.

Syd hielt den Atem an – und schließlich sah der Bock wieder weg. Dann trottete er in die Mitte der Lichtung, fort von den anderen und begann erneut zu äsen.

Sehr gut.

Langsam entsicherte Syd das Gewehr, hob es an und lehnte den schweren Schaft an seine Schulter.

Er drückte die Wange an das warme Holz. Wieder roch er Waffenöl und schaute durch das Visier, wo der Kopf des Hirsches exakt in dem «V» zu erkennen war.

Er sah, wie der Bock abermals aufblickte, als spürte er den tödlichen Moment nahen. Syd folgte den Bewegungen mit seinem Gewehr, atmete leise aus, legte den Finger an den Abzug … und drückte langsam ab.

Peng! Der Schuss krachte unglaublich laut durch den Wald. Syd sah den jungen Bock mausetot auf die Lichtung kippen – und die anderen Hirsche hektisch zwischen die Bäume fliehen.

Er nahm das Gewehr hinunter und sicherte es wieder.

Man durfte nichts überstürzen!

Dann hob er die ausgeworfene Patronenhülse auf, steckte sie in seine Tasche und erhob sich. Sein Rücken und seine Beine schmerzten vom langen Warten.

Er ging hinüber zu dem Hirsch, der regungslos auf der Lichtung lag, und sah, dass er dem Tier einen glatten Kopfschuss verpasst hatte. *Auf der Stelle tot. Was für ein sauberer Schuss!*

Er legte seinen Beutel auf den Boden und holte Taue und ein Messer heraus. Dies war der unangenehme Teil, wenn er das tote Tier so zusammenschnüren musste, dass er es den langen Weg über die Straße zurücktragen konnte.

Der Schuss war meilenweit zu hören gewesen, und obgleich ein einzelner Schuss auf einem solch großen Anwesen schwer zu orten war, musste er klug vorgehen.

Auf frischer Tat ertappt zu werden würde gewiss eine Haftstrafe bedeuten. Und das Risiko wollte Syd nicht eingehen.

Er hatte ungefähr eine halbe Meile zurückgelegt, als er hinter sich im Wald ein Geräusch vernahm. Nur ein knackender Zweig. Doch Syd wusste, dass ein gewisses Gewicht vonnöten war, um einen Zweig auf dem Waldboden zu zerbrechen, und er wusste gleichfalls, dass nur wenige Kreaturen schwer genug dafür waren.

Ein Hirsch. Ein Wildschwein vielleicht. *Oder ein Mensch.*

Er blieb stehen und drehte sich langsam um, suchte die dunklen Bäume nach einer Bewegung ab.

Der Kadaver wog schwer auf seinem Rücken. Syd musste weiter. Was er auch gehört haben mochte, es musste ein gutes Stück entfernt gewesen sein. Oder er hatte es sich eingebildet.

Doch fünf Minuten später war wieder ein Geräusch hinter ihm. Ein Zweig, der sich bewegte und knackste.

Diesmal war es näher.

Syd blieb stehen, spähte in die Dunkelheit. Sein Puls begann zu rasen. Ihm gefiel das nicht.

Er verließ den Weg, duckte sich tief und bewegte sich so leise wie möglich durch das dichte Unterholz. Dann drehte er sich um und sah zu dem Pfad.

Leider war es nun bewölkt, sodass ihm nicht einmal mehr die Mondsichel half.

Ihn überkam ein erstes ängstliches Frösteln. Seine Gedanken überschlugen sich: *Etwas ... oder jemand ... folgt mir. Etwas verfolgt mich. Nein, es verfolgt mich nicht. Es stellt mir nach.*

Er benetzte seine Lippen, weil sein Mund sehr trocken war. Er musste hier raus, schnell, keine Frage. Doch der Hirsch war schwer und machte ihn langsam.

Sollte er ihn einfach hier fallen lassen? Ihn mit Laub und Zweigen bedecken?

Aber er war der Straße so nah. Sie konnte nicht mehr als fünf Minuten entfernt sein. Und er brauchte das Geld sehr dringend.

Er wartete, und im Wald wurde es wieder still. Die einzigen Geräusche waren das Pochen seines Herzens und sein Atem, der zu laut war.

Hör auf, Syd! Hör auf zu spinnen. Hier draußen ist keiner, verdammt! Hier war noch nie einer.

Also hievte er den Kadaver höher auf seine Schultern und drehte sich um, bereit für den letzten Sprint zum Waldrand.

Doch als er sich umwandte, sah er einen Umriss schnell auf sich zukommen.

So schnell, dass es wie … *ein Geist* wirkte. Eine entsetzliche Kreatur der Nacht. Und bevor Syd auch bloß den Hirsch fallen lassen konnte, um die Arme frei zu haben und sich zu verteidigen … war die Gestalt nur noch einen Meter entfernt. Keine Gestalt, sondern ein Mann, der ein großes Holzstück in die Höhe hielt. Oder war es Eisen? Das schwere Objekt sauste bereits durch die Luft auf Syds Kopf zu, und ihm blieb keine Zeit, es abzufangen, bevor …

Rumms! Es wurde in sein Gesicht geschmettert. Plötzlich schmeckte er Blut und fühlte zersplitterte Zähne, während sein Kopf nach hinten schnellte und dann … Dunkelheit.

1. Häusliches Glück

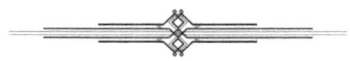

Kat Reilly stand am Fenster des Gästezimmers im Dower House und sah nach unten zu ihrem Mann, der im Sonnenschein dieses Samstagmorgens an seinem alten Motorrad werkelte.

In dem Overall mit den hochgekrempelten Ärmeln sah er so gar nicht wie der Harry aus, den sie kannte!

Zugleich wirkte er vollkommen zufrieden, wie er da inmitten der Motorenteile hockte. Sie schaute ihm zu. Er pfiff leise vor sich hin und wischte sich mit der öligen Hand über die Stirn, um eine Locke wegzustreichen. Sie empfand eine gänzlich neue Zuneigung zu diesem Briten, den sie geheiratet hatte.

»Du musst verstehen, Kat«, hatte er ihr in Kairo gesagt, »es geht um die einfachen Dinge.« Mit diesen Worten hatte er ihr zu erklären versucht, warum er wollte, dass sie nach Mydworth Manor zogen, in das Reich seiner Tante, Lady Lavinia – allerdings in das bescheidenere Haus am Dorfrand.

Bescheiden! Tja, das ist irgendwie relativ. Vier Schlafzimmer und ein Morgen Garten sind in der Bronx, wo ich herkomme, nicht »bescheiden«. Dort gingen zweieinhalb Quadratmeter Efeu vor dem Haus für die meisten Leute als Garten durch.

Doch nachdem sie einige Wochen hier in diesem Haus in diesem kleinen Ort in Sussex gelebt hatte, glaubte Kat zu verstehen, was er gemeint hatte. Und auch, was für einen Mann sie geheiratet hatte.

Wobei Harry auch die Großstadt mochte, die Aufregung und seine einflussreiche Arbeit in der Welt der Diplomaten.

Jetzt hingegen schätzte er ebenso sehr die ruhigen Zeiten, die *kleinen Dinge:* Sonntagnachmittage im Garten, wenn er über der Zeitung einschlief, Spaziergänge, Bootsfahrten auf dem Fluss, diese lustigen Cricketspiele zwischen Lokalmannschaften und die Cream Teas hinterher, die Abende im Garten der White Rose unten am Fluss, wo sie Ale tranken.

Und – oh Wunder! – ihr gefiel all das auch. Sie hatte sogar Freude daran, das alte Haus zu renovieren, neue Vorhänge, Tapeten und Teppiche zu bestellen. Ach ja, und der Haushälterin Maggie bei der Speisenauswahl und beim Kochen zu helfen – Letzteres nur, wenn es ihr erlaubt war, denn ein wenig Etikette wollte gewahrt bleiben.

Das Einkaufen im Dorf war stets lustig, wenn die Leute aufblickten, sobald sie den Mund öffnete und man ihr die New Yorker Bronx deutlich anhörte. Und sie fand erstaunlich viel Gefallen daran zu entdecken, wie es in diesen englischen Dörfern zuging, wer wer war und was man wann nicht sagen sollte.

Hier galten viele unausgesprochene Regeln, wie sie festgestellt hatte.

Trotzdem war da ein unerquicklicher Gedanke, der sich seit ein paar Wochen in den Vordergrund zu kämpfen begann.

Fragen, auf die Kat noch keine Antwort gefunden hatte:

War das alles? Würde so ihr Leben aussehen? Für immer?

Gewiss würden sich Kinder einstellen, wenn sie beide bereit waren, aber …

Und da schwelte noch eine unerwünschte Frage im Hintergrund, die nach einer Antwort verlangte: Wie konnte sie Harry so sehr lieben und gleichzeitig in Sorge sein, dass sie hiermit nicht restlos glücklich sein würde? Nicht … zufrieden?

Als könnte er ihre Gedanken lesen – und bisweilen hatte sie den Eindruck, er konnte es wirklich –, sah sie Harry zum Fenster aufblicken und ihr zuwinken. Sein wundervolles Lächeln war so offen und ehrlich, dass sie sich ihrer Gedanken schämte.

Sie winkte zurück und öffnete das Fenster. »Wie geht es voran, großer Mechaniker?«, fragte sie.

»Beinahe fertig. Ich werde das alte Mädchen in Kürze zum Laufen bekommen.«

Sie betrachtete die verstreuten Motorenteile. »Ach ja? ›Sie‹ sieht mir noch recht … nun ja … derangiert aus?«

»Ach das? Keine Sorge, das Schwierigste ist geschafft«, sagte er grinsend. »Jetzt muss ich nur noch alles zusammenbauen – und fertig ist die Laube.«

Das war auch so etwas: die seltsamen kleinen Redensarten der Leute hier.

Kat hatte gelernt, diese Dinge schlicht auf sich zukommen zu lassen; meisten war es nicht schwer, die Bedeutung aus dem Zusammenhang zu erschließen.

Meistens.

»Hm, ich höre häufiger von dieser *Laube* – irgendwann musst du mir die mal zeigen. Wie wäre es mit einem Tee?«

»Sehr gut. In fünf Minuten in der Küche?«

»Abgemacht«, sagte sie, zog das Fenster zu und ging nach unten.

Harry schrubbte sich die Hände an dem großen Becken in der Waschküche, wobei er Scheuerpulver zwischen den Handflächen verrieb, um das Maschinenöl wegzubekommen. Herkömmliche Seife tat es da nicht, aber Scheuerpulver war perfekt!

Die alte Maschine – eine BSA mit starkem Motor – war sein ganzer Stolz und seine große Freude gewesen, als er 1918 von der Front zurückgekehrt war. Damals hatte er einen herrlichen Sommer in England verbracht – mit langen Fahrten durch Sussex und Kent –, bevor er seinen ersten Diplomatenposten im Ausland angetreten hatte.

Seither hatte das Motorrad ungenutzt, aber unvergessen in Tante Lavinias Stall unter einer Plane gestanden. Nun, da er wieder zu Hause war, wollte Harry das Motorrad unbedingt wieder nutzen.

Und nicht nur das. Er wollte auch Kat beibringen, es zu fahren. Er schätzte, dass sie ein Naturtalent war.

Sosehr er seinen Alvis auch mochte – der sich wunderbar für die alltäglichen Fahrten über Land eignete –, er ahnte doch, dass sie auf dem Motorrad noch viel mehr Spaß haben könnten.

Noch wenige Stunden Arbeit, dann wäre die Maschine fahrtüchtig.

Er trocknete sich die Hände ab und ging in die Küche, wo Kat und Maggie vor dem weit geöffneten neuen Kühlschrank standen.

Das Ding hat sogar ein Gefrierfach! Wahrlich, das Landleben verändert sich.

»Wie sieht es mit Tee und Gebäck aus?«, fragte er. »Arbeiter brauchen kräftigende Nahrung.«

»Gebäck geht«, antwortete Kat über ihre Schulter, »aber …«

»Der Tee könnte noch etwas dauern, Sir«, sagte Maggie, die einen Krug mit Milch in ihren Händen hielt. Oder vielmehr: mit Milcheis.

»Ich komme mit diesem Gerät nicht zurecht, Sir«, erklärte sie und hielt den Krug kopfüber, um vorzuführen, wie fest die Milch gefroren war.

»Kinderkrankheiten, was?«, fragte Harry und gesellte sich zu den beiden Frauen.

»Nein, das hier ist eher die Pest!«, konterte Maggie und knallte den Milchkrug auf den Tisch.

»Ich sehe mir mal den – wie heißt das noch? – Thermostat an, wenn ich mit dem Motorrad fertig bin«, versprach er.

»Ehrlich, ich verstehe wirklich nicht, warum wir nicht einfach die Speisekammer benutzen wie immer«, klagte Maggie, trat an den Herd und goss kochendes Wasser aus dem Kessel in die Teekanne. »Dieser neumodische Kram, der bringt doch nichts als Ärger, wenn Sie mich fragen.«

»Der Preis des Fortschritts«, sagte Harry. »Es sind moderne Zeiten, Maggie. Wir alle müssen uns ihnen stellen.«

Er zwinkerte Kat zu, wurde jedoch stutzig, als sie es nicht erwiderte.

»Mir gefällt er aber nicht, Sir«, entgegnete Maggie, während sie in der Teekanne rührte. »All dieser Fortschritt! Neumodisches dies, neumodisches das! Wo soll das noch hinführen?«

Nun streckte Kat einen Arm aus und drückte Maggie leicht die Hand.

Ist meine Kat nicht einzigartig?

»Sicher gewöhnen Sie sich daran«, sagte Kat. »In New York ist inzwischen alles elektrisch, denken Sie nur. Teppichreiniger, Waschmaschinen. Überall Autos. Und Pferdefuhrwerke ... Tja, die werden bald ganz verschwunden sein.«

Harry fing schon mal an, Kekse zu naschen.

»Ich weiß ja nicht«, sagte Maggie. »Ich bin mit harter Arbeit und Karbolsäure großgeworden, so wie meine Mum und deren Mum vor ihr. Wir englischen Frauen – ich schätze, wir haben die Dinge gern etwas mühsam.«

Hierüber musste Kat lachen. »Sehen Sie es mal so, Maggie. Die Zeiten, in denen Frauen am Spülbecken schuften mussten, nähern sich ihrem Ende. Finden Sie nicht …«

»Oh nein, warten Sie mal! Wenn wir nicht aufpassen, habe ich bald keine Anstellung mehr«, unterbrach sie Maggie und brachte die Teekanne und die Tassen zum Tisch. »Und ich weiß, dass eine Menge Frauen genauso denken.«

»Köstliche Kekse«, sagte Harry und hob den Teller an. »Wie wäre es, wenn wir einen Waffenstillstand mit dem Fortschritt vereinbaren und dem danken, der Ingwer-Nussplätzchen erfunden hat?«

Beide Frauen sahen ihn an und verschränkten ihre Arme. Offensichtlich überzeugte sein Lösungsversuch keine von ihnen.

Achselzuckend grinste er sie an – sein letztes Mittel in solchen Situationen. Doch er ahnte, dass es hier und jetzt wohl nicht wirken würde.

Dann hörte er das Telefon klingeln. Bei dem lauten Schrillen zuckte Maggie zusammen.

Auch daran hat sich die Gute noch nicht gewöhnt.

»Gerettet, würde ich sagen«, konstatierte Harry und hackte mit seinem Teelöffel in der gefrorenen Milch herum.

»Ich gehe schon«, sagte Kat, und Harry blickte ihr nach, als sie aus der Küche in die Diele schlenderte.

»Soll ich?«, fragte Harry, nahm die Teekanne auf und schenkte ihnen ein.

Und endlich rang sich Maggie, die mit all den Neuerungen hier ihre liebe Not hatte, ein Lächeln ab.

Kat nahm den Hörer ab und hielt ihn sich ans Ohr. »Mydworth 429!«

»Lady Mortimer, bitte«, erklang eine Frauenstimme.

»Am Apparat«, antwortete Kat, obwohl ihr dieser Titel immer noch ein wenig fremd war.

»Ah, gut. Hier spricht Nicola Green.«

Kat wartete, denn sie kannte den Namen nicht.

»Vom WVS«, fuhr die Frau fort.

»Verzeihung, aber …«

»Ah, natürlich, ich vergaß. Sie sind ja *Amerikanerin!* Der Women's Voluntary Service, ein Freiwilligendienst für Frauen.«

»Ach so, verstehe«, sagte Kat, die gar nichts verstand.

»Wir sind eine Wohltätigkeitsorganisation, die sich für die Frauen in England einsetzt.«

»Das klingt nach einer wirklich guten Sache. Möchten Sie … dass ich spende?«

»Du liebe Güte, nein! Der Vikar hat mir geraten, mich an Sie zu wenden. Er sagte, Sie könnten mir vielleicht helfen.«

»Der Vikar?«

»Sie waren letzten Monat für ihn … tätig. Und sehr erfolgreich, wie er mir erzählte. Noch dazu diskret.«

Allmählich verstand Kat. Kaum eine Woche nach ihrer Ankunft aus Kairo hatten Harry und sie Reverend Elliot geholfen, eine große Silberplatte aufzuspüren, die aus der Kirche in Mydworth verschwunden gewesen war.

Dem Vikar hatte es nicht behagt, die Polizei einzuschalten, weshalb er Kat und Harry davon überzeugt hatte, dass sie genau die Richtigen wären, um diesem Diebstahl auf den Grund zu gehen.

Zufällig *waren* sie auch genau die Richtigen gewesen, und das Silber war wiederbeschafft worden. Es musste aus Versehen geschehen sein, hatte der Gemeindevorsteher beteuert. Auf rätselhafte Weise war die wertvolle Platte vom Schuldigen unbeabsichtigt mit nach Hause genommen worden.

Nachdem der anscheinend verwirrte Täter gebührend gescholten und ihm vergeben worden war, hatte man die ganze Geschichte vergessen. *Oder für sich behalten* – wie zumindest die Verabredung gelautet hat.

Der Vikar hatte dem Dieb und dessen Familie Hilfe in ihrer Misere angeboten.

»Ich nehme doch an, dass Reverend Elliot keine Einzelheiten nannte«, sagte Kat.

»Herr im Himmel, nein«, antwortete Nicola. »Allerdings erwähnte er, Sie und Sir Harry wären das Beste, was Mydworth zu bieten hätte, bräuchte man …«, und hier kicherte sie, »… gute Privatdetektive.«

Kat wollte ihren Ohren nicht trauen. »Im Ernst? Nun …« Und jetzt musste sie ebenfalls lachen. *Privatdetektive? Wohl kaum.* »Wir, na ja, wir haben ihm bloß geholfen. Weiter nichts.«

»Ich verstehe Sie vollkommen. Die hiesige Polizei, ähm, ist hervorragend, wenn es darum geht, die Einhaltung der Schankgesetze zu überwachen, Lady Mortimer«, erklärte Nicola. »Aber ihre Begabung, was richtige Ermittlungen betrifft, lässt doch zu wünschen übrig. Deshalb wende ich mich an Sie und Ihren Gatten.«

»Mrs Green …«

»*Miss* Green, bitte.«

»Entschuldigen Sie, Miss Green. Mein Mann und ich haben dem Vikar sozusagen aus purem Gemeinschaftssinn geholfen. Es war im Grunde weiter nichts …«

»*Natürlich!* So, wie Sie diese Diebe auf Mydworth

Manor dingfest gemacht haben? Das ganze Dorf weiß davon! Und Sie gingen recht beherzt zu Werke, wenn meine Quellen mich richtig unterrichtet haben.«

Kat hatte das Gefühl, ihre Chancen, Miss Green höflich abzuweisen, schrumpften minütlich – worum auch immer diese Dame sie bitten mochte. »Das war etwas vollkommen anderes. Eine Familiensache. Ein unglückliches Vorkommnis, und wir waren nur …«

»Ja, und um eine Familiensache geht es auch in diesem Fall. Um eine hiesige sehr anständige Familie, der großes Unrecht widerfahren sein könnte. Und ich glaube, sollte ich mich nicht sehr irren, Sie beide sind die Richtigen, diese Ungerechtigkeit aus der Welt zu schaffen.«

»Miss Green …«

»Nicola, bitte.«

Was? Jetzt sind wir schon beim Vornamen, obwohl wir uns noch nie begegnet sind? Wie ist das denn passiert? Das ist nicht sehr britisch …

»Wir haben wirklich keinerlei Absicht, ›Detektive‹ zu spielen. Allein der Gedanke! Ich weiß nicht, Nicola, aber es klingt verrückt … Mein Mann arbeitet oft in London. Und ich habe hier sehr viel zu tun.«

»Ja, ich weiß das! Deshalb ist es heute ideal, weil Samstag ist. Wie wäre es um zwei Uhr in meinem Büro? Sie können es gar nicht verfehlen, denn es ist direkt am Marktplatz über dem Bekleidungsgeschäft. Kennen Sie das?«

»Nun ja, tue ich …«

Es gab noch Winkel in dem Dorf, die sie erkunden musste, aber auf dem Marktplatz fühlte Kat sich mittlerweile recht heimisch.

»Gut, dann um zwei.«

Stille. Kat schüttelte den Kopf, verwirrt von dem Gesprächsverlauf. Zugleich aber war sie *interessiert.* Und sie musste zugeben, dass sie auch … ein wenig aufgeregt war.

Kat holte tief Luft. »Na gut, Nicola, ich werde um zwei dort sein. Eventuell, und nur eventuell, mit meinem Mann zusammen. Es liegt ganz bei ihm. Und nicht als Detektive. Doch vielleicht als Unterstützung für Sie, falls Sie das Gefühl haben, dass Unrecht geschieht.«

»Hervorragend!«

»Wie dem auch sei …«

»Ja?«

»Sie müssen mir erzählen, worum es geht. Jetzt. In wenigen Worten. Hier am Telefon.«

»Worum? Oh, das ist ganz leicht, Lady Mortimer. Es geht um Mord.«

»Wie bitte?«

»Ja, um einen Mord direkt hier in Mydworth. Und der Schuldige läuft noch frei herum. Wer weiß, ob er nicht erneut zuschlagen will?«

»Oh Gott …« *Das nenne ich mal unerwartet.*

»Eben«, sagte Nicola. »Also, so sieht es auch. Wir treffen uns um zwei.«

Und Kat hörte das Klicken, bevor die Leitung tot war.

Ein Mord in Mydworth. Wer hätte das gedacht?

2. Der Fall beginnt

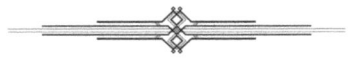

Harry lief mit Kat die schmale Kopfsteinpflasterstraße hinunter, die zum Marktplatz von Mydworth führte. Die Schatten der eng zusammenstehenden Häuser rechts und links von ihnen boten ihnen eine angenehme Erholungspause von diesem plötzlich sehr warmen Sommertag.

Harry konnte sehen, dass die Standbetreiber auf dem Markt bereits zusammenpackten. Doch noch waren reichlich Leute auf der Straße, und er nickte im Vorbeigehen vertrauten Gesichtern zu oder tippte sich an den Hut.

»Gibt es hier eigentlich jemanden, den du *nicht* kennst?«, fragte Kat.

»Nur die falschen Leute, denn die meide ich gern.«

»Ach was? Hier gibt es ›falsche Leute‹? In diesem Bilderbuchdorf? Klingt spaßig. Die muss ich kennenlernen.«

»Oh, so, wie du dich verhältst – *du Detektivin* –, bin ich gewiss, du wirst sie auch ohne meine Hilfe finden«, sagte Harry lachend.

»Einmal Bronx, immer Bronx?«

»Das hast du gesagt«, antwortete Harry, als sie den Marktplatz erreichten. »Eines Tages nehmen wir einen Cunard-Liner nach New York, um uns deine sagenumwobene Bronx anzusehen!«

Kate lachte. »Ah, das wäre mal was, Sir Harry!«

Er blickte sich um. »Damenbekleidungsgeschäft, hm. Ich muss gestehen, dass ich mich an keines erinnere.«

»Du wirst auch wenig Anlass gehabt haben, es aufzusuchen. Da ist es!« Kate zeigte zu einem winzigen Laden gegenüber dem Markt.

Harry blickte hinüber. Dort im Fenster standen ein paar Schaufensterpuppen, die anscheinend die neueste Mode in Mydworth zeigten – lauter Schleifen, Rüschen und eigenartige kleine Hüte, die für Harry wie Eicheln aussahen. Mode war eine Welt, die er ganz und gar nicht verstand.

»Ja, ich kann nicht behaupten, dass ich da jemals drin war«, gestand er, als sie sich gemeinsam dem Geschäft näherten und davor stehen blieben. »Denkst du … ich darf da überhaupt rein?«

»Nur wenn du dich vorbildlich benimmst und ich für dich bürge«, antwortete Kat und öffnete die Tür, worauf drinnen eine Glocke bimmelte.

Harry folgte ihr hinein und schloss die Tür hinter sich.

In dem Geschäft entdeckte er Ständer voller Kleider, Hüte auf Regalen, Stoffballen und noch mehr Schaufensterpuppen im hinteren Bereich, die alles von Tennisröcken bis hin zu Cocktailkleidern trugen und wie Gäste auf einer ziemlich seltsamen Party wirkten.

»Kann ich Ihnen helfen?«, fragte eine stark geschminkte Frau in einem grellrosa Kleid hinter dem Tresen.

Harry sah stumm zu, wie die Frau zu ihnen geeilt kam, wobei sie strahlend lächelte und ihre Zähne glitzerten. »Wie reizend, dass Sie *gemeinsam* etwas für die Dame aussuchen! Unsere Sommerkollektion ist derzeit so beliebt.«

Eine ehrgeizige Verkäuferin.

»Eigentlich sind wir auf der Suche nach Miss Green vom WVS, dem Women's Voluntary Service«, antwortete Kat.

»Ach so, verstehe«, sagte die Frau. Ihr Lächeln schwand so schnell wie ihre Aussicht auf Umsatz. »Miss Green? Ich glaube, sie ist da. Die Treppe dort hinauf und die Tür rechts. Klopfen Sie einfach.«

Harry nickte der Frau zu, die erneut hinter ihren Tresen ging, ohne sie eines weiteren Blickes zu würdigen. Dann folgte er Kat die Treppe hinauf.

Die letzten Wochen mit Kat haben eine vollends neue Seite von Mydworth zutage gefördert, von deren Existenz ich gar nichts wusste.

Ein Damengeschäft! Tja, es gab für alles ein erstes Mal.

Kat klopfte an die Tür mit der Aufschrift WVS und wartete.

»Es ist offen, kommen Sie herein«, ertönte eine muntere Frauenstimme.

Dicht gefolgt von Harry betrat Kate ein winziges, vollgestopftes Büro. Zunächst sah sie nichts außer aufgestapelten Kartons und Akten. Vom Boden bis zur Decke war alles voller Bücher und Papier. Schwere Metallaktenschränke standen herum, und gegenüber befanden sich ein Schreibtisch, wenige Stühle sowie eine Frau ganz oben auf einer bedenklich wackligen Leiter.

»Können Sie mir die bitte mal abnehmen?«, bat die Frau und reichte eine Handvoll staubiger Aktenmappen nach unten. Kat und Harry eilten hin, um sie zu nehmen, bevor alles zu Boden fallen konnte, und legten sie auf den Schreibtisch.

»Ziehen Sie gerade ein?«, fragte Harry.

»Leider nicht. Wir werden gerade rausgeworfen«, antwortete die Frau und nahm jeweils zwei Sprossen auf einmal, als sie die Leiter hinunterstieg. »Die Frau unten will uns aus dem Haus haben.«

»Die falsche Sorte Mieter, was?«, fragte Kat und zwinkerte Harry zu.

»Haha, genau.« Die Frau streckte ihnen die Hand entgegen. »Nicola Green.«

»Kat«, stellte Kat sich vor. »Und mein Ehemann Harry.«

»Kat und Harry.«

Nicola schien sich wohl damit zu fühlen, auf die Titel verzichten zu dürfen. Schön, dachte Kat.

»Wunderbar. Dieser ganze ›Lord und Lady‹-Unsinn bringt mich nur durcheinander. Oh, Verzeihung, ich will nicht …«

»Nein, schon gut. Ich bin Amerikanerin, also weiß ich sehr genau, was Sie meinen«, sagte Kat schmunzelnd.

»Ist für mich in Ordnung«, stimmte Harry lächelnd zu.

Kat beobachtete, wie Nicola einen Schritt zurücktrat, als wollte sie die beiden mustern.

Sie war jünger, als Kat erwartet hatte – wahrscheinlich Ende zwanzig, wie Kat selbst auch. Und sie war groß mit strengen Zügen und kurzem, dunklem und naturkrausem Haar. Nicola trug eine Stoffhose, eine Seidenbluse und darüber eine Herrenweste.

Sie könnte Dichterin sein. Oder Künstlerin. Es fehlen nur noch ein Jackett und eine Baskenmütze, um das Bild abzurunden.

Vor allem war es das Bild einer modernen Frau.

»Räumen Sie sich schon mal die Stühle frei, während ich den Kessel aufstelle«, sagte Nicola und wies zu zwei Bürostühlen, auf denen Bücher gestapelt waren, bevor sie zu einem sehr kleinen Küchenbereich ging. »Oh, und keine Sorge wegen Monty. Der beißt nicht.«

Kat blickte sich um, und wie auf ein Stichwort erhob sich ein phlegmatischer Labrador unter dem Schreibtisch und kam, um sie zu begrüßen.

»Lassen Sie sich von ihm nicht blenden«, sagte Nicola, die wieder zu ihnen kam und einen Teller Kekse auf den Schreibtisch stellte. »Er hat ein gutes Gehör, wenn es um Kekspackungen geht.« Sie schob ihnen den Teller hin. »Greifen Sie zu. Wir haben eine Menge zu besprechen.«

»Mord«, sagte Kat und griff nach einem Keks.

»Ja, Mord«, bestätigte Nicola, die bereits an einem Gebäckstück knabberte.

»Ich fange mal von vorn an«, sagte Nicola, sobald sie alle eine Tasse Tee vor sich stehen hatten.

Harry fühlte, wie Monty ihm hartnäckig gegen die Hand stupste und den Kopf auf seinen Schoß legte, während Kat ihn verstohlen mit einem Kekskrümel fütterte.

Harry dachte sich: *Wir brauchen auch einen Hund!*

»Es geht um Syd Buckman, zwanzig Jahre alt, Gelegenheitslandarbeiter, ›Müßiggänger‹ und chronischer Wilderer.« Sie nahm noch einen Bissen von ihrem Keks. »Er wurde vor zwei Wochen oben auf dem Shreeve-Anwesen tot aufgefunden.«

»Ah ja«, sagte Harry. »Ich glaube, davon habe ich im *Mydworth Mercury* gelesen. Ein Unfall, hieß es in dem Artikel.«

»Ja, wahrscheinlich haben Sie es dort gelesen – auch wenn die kaum etwas geschrieben haben. Der Junge wurde vom Verwalter Fred Nailor gegen zehn Uhr am Morgen des Fünfzehnten gefunden. Eine Kugel glatt durch die Brust. Der Kadaver eines jungen Hirschbocks lag neben ihm.«

»Ach so, ein Wilderei-Unglück?«, fragte Harry. »Ein klarer Fall?«

»Nun, das nahm die Polizei an, und der Leichenbeschauer hat es entsprechend bescheinigt. Es hieß, der Junge sei anscheinend auf dem Heimweg mit seiner Beute gestolpert, das Gewehr ging los – peng, du bist tot.«

»Und Sie, ähm, denken an dieser Geschichte stimmt etwas nicht?«, fragte Kat.

»Seine Mutter glaubt jedenfalls nicht daran«, antwortete Nicola. »Deshalb bin ich involviert. Die arme Frau war gestern hier, schluchzend, und bat mich, etwas zu tun. Hilfe zu suchen. Sie bestand darauf, dass es nicht so gewesen sein konnte, wie behauptet wurde. Und nachdem ich sie angehört habe, neige ich zu dem Schluss, dass sie recht haben könnte.«

»Aus welchen Gründen?«, fragte Harry.

»Erstens sagte sie, Syd sei, nun ja, kein Engel gewesen. Aber er war ein schlauer Bursche. Und außerordentlich vorsichtig im Umgang mit Waffen.«

»Bei Jagdgewehren kann leicht einiges schiefgehen«, erwiderte Harry, den diese Geschichte bisher nicht überzeugte. »Unfälle können jedem passieren.«

»Nicht ihrem Syd, sagt seine Mum. Anscheinend hatte ihm sein Vater – der ebenfalls berüchtigt für seine gelegentlichen *nächtlichen Ausflüge in den Wald* ist – eingebläut, niemals nachlässig im Umgang mit einem Gewehr zu sein. Es hat wohl mit einem Onkel zu tun, der nicht sehr umsichtig gewesen war.«

»Also wusste der junge Syd offenbar, was er tat?«, fragte Kat. »Das dürfte nicht genügen, den Bericht des Leichenbeschauers anzufechten.«

»Nein«, sagte Nicola. »Aber das ist noch nicht alles. Wie es scheint, hatte es in den letzten Wochen … einige Vorfälle gegeben. Streitereien, Prügeleien, Drohungen.«

»Was für Drohungen?«, fragte Harry.

»Morddrohungen.«

»Ah, wie scheußlich.«

Er sah zu Kat, die ihm kaum merklich zunickte.

Morddrohungen. Vielleicht sollte man doch mal nachforschen.

Kat nahm ein kleines Notizbuch und einen Stift aus ihrer Tasche. »Lassen Sie mich einige Einzelheiten notieren, wenn ich darf«, sagte sie. »Namen und so weiter.«

Sie sah, wie Nicola beim Anblick des Notizbuches lächelte.

Als glaubte sie sich in ihrer Entscheidung bekräftigt, die beiden als Detektive engagiert zu haben.

Lächerlich!

»Beginnen wir mit Syds Mutter, Elsie«, sagte Nicola. »Sie lebt immer noch mit seinem Vater Billy zusammen – weiß der Himmel, wie oder warum. Seit Jahren erzähle ich ihr, sie soll den alten Säufer rauswerfen.«

»Verzeihung, ist es das, was Sie hier beim WVS tun?«, fragte Harry.

»Uns ungefragt einmischen, meinen Sie?« Nicola sah ihn an.

Kat entging nicht, dass sie die Augen ein wenig verengte.

»Ganz und gar nicht«, antwortete Harry mit einem entwaffnenden Lächeln. »Entschuldigung, ich habe es wohl nicht richtig formuliert. Es sollte nicht unhöflich klingen. Ich meinte, ob Sie den Frauen von Mydworth Ratschläge erteilen … auch in solchen Dingen.«

»Ja«, sagte Nicola. »Genau das tun wir: beraten, helfen, unterstützen, egal in welcher Situation. Frauen dürfen vielleicht wählen – endlich! –, aber sie sind in dieser Welt immer noch im Nachteil, und das ist einfach nicht gerecht, oder?«

»Wahrlich nicht«, pflichtete Kat ihr bei. »Die Dinge ändern sich, nur meiner Meinung nach nicht schnell genug.«

»Ob es um eine Tochter in anderen Umständen geht, um einen Mann, der seine Frau verprügelt, oder um Probleme bei der Arbeit – meine Tür steht *immer* offen. Und wenn ich keine Antwort weiß, hat der WVS Unterstützer, die sie wissen.«

»Ist es ein unentgeltlicher Dienst?«, fragte Harry.

»*Oh ja.*«

»Wie finanzieren Sie sich?«, fragte Kat.

»Das ist nicht so einfach, das Geld ist immer sehr knapp. Und ab kommendem Samstag haben wir auch kein Büro mehr.«

»Das ist ja furchtbar«, sagte Kat.

»Es ist nicht das erste Mal und wird auch nicht das letzte Mal gewesen sein, aber das ist unerheblich. Ich komme schon zurecht. Der WVS wird zurechtkommen. Jetzt reden wir über den möglichen Mord an Syd Buckman. Und über seine arme Mutter, die vor lauter Zweifeln beinahe den Verstand verliert. Können Sie sich das vorstellen? Sie wohnt übrigens in einem kleinen Cottage draußen in der Briar Lane, gleich neben der Station Road. Darf ich vorschlagen, dass Sie bei ihr anfangen?«

»Anfangen?«, wiederholte Kat.

»Elsie wird Ihnen mehr darüber erzählen, womit es Syd in dem Dorf zu tun hatte. Oder vielmehr, mit *wem*. Und Billy kann Ihnen etwas zu den Gewehren sagen – so er denn nüchtern genug ist.«

Kat bemerkte, dass Nicola zur Seite blickte, als rechnete sie damit, dass ihre nächsten Worte … ein wenig *brisant* sein könnten.

»Ich, ähm, würde mir ein Gespräch mit Sergeant Timms sparen. Das habe ich bereits versucht, und er hat mich zum Teufel gejagt. Höflich natürlich. Obwohl, wenn ich es recht bedenke, würde er *vielleicht* mit Sir Harry sprechen.«

Kat sah, wie Miss Green Harry zulächelte. Eine eindeutige Aufforderung.

»Oh, in dem Fall werde ich es ihm befehlen«, sagte Harry mit einem Augenzwinkern. »Wie praktisch Privilegien doch sein können! Gibt es nicht irgendwo ein Regelwerk, das besagt, alle Bürger haben exakt das zu tun, was wir Adligen verlangen?«

Kat sah ihn an. *Er ist dabei. Gut, denn das bin ich auch.* »Sonst noch Vorschläge?«, fragte sie.

»Es lohnt sich auf jeden Fall, mit Fred Nailor zu reden, der die Leiche gefunden hat«, sagte Nicola. »Ein netter Mann, eher still. Er wohnt auf dem Shreeve-Anwesen.«

»Ah«, sagte Harry. »Also hat Syd Shreeves Wildbestände geplündert?«

»Kennen Sie Mr Shreeve?«, fragte Nicola.

»Wer kennt ihn nicht?«, antwortete Harry. »Er war schon ein hohes Tier, bevor ich fortgegangen bin.«

Kat wartete, dass er mehr sagte, was er jedoch nicht tat. Dem Blick nach zu urteilen, den Harry und Nicola wechselten, nahm sie an, dass es zu Mr Shreeve noch eine längere Geschichte gab – die sie in Bälde hören sollte.

»Nun, brauchen Sie sonst noch etwas von mir?«, fragte Nicola. »Es ist nur so, dass ich weiterpacken muss.«

Kat lächelte Harry kurz zu, als sie beide aufstanden.

Wie es aussieht, haben wir einen Auftrag – und wir haben uns nicht mal um einen beworben. Oder ist es eher ein … Fall?

»Eines noch«, sagte Kat und blickte wieder zu Nicola. »Wenn wir im Ort herumlaufen und Fragen stellen, wird recht offensichtlich werden, dass wir es für Sie tun. Ist das okay?«

»Oh, da mache ich mir keine Sorgen. Mydworth sieht

mich bereits als offizielle Unruhestifterin. Sie können meinen Ruf gar nicht beschädigen. Am allerwenigstens bei vielen der Männer hier!«

»Hm, da wäre ich mir nicht allzu sicher«, sagte Harry. »Würden Sie Kat kennen, so, wie ich es tue …«

Nicola lachte. »Gehen Sie nur nicht herum und schlagen Leute in meinem Auftrag, Kat. Obwohl, wenn ich es recht bedenke … Lassen Sie mich rasch diese Liste der Kandidaten für einen linken Haken raussuchen.«

Kat lachte. »Dieser kleine Zwischenfall vor einigen Wochen? Tja, das war bloß ein Glückstreffer.«

»Wie ich es immer sage: Jeder bestimmt in einem Kampf selbst sein Glück.« *Und ich wette, du warst schon in einige verwickelt.*

»Wo finden wir Sie, falls wir mehr Informationen brauchen?«, fragte Harry.

»Hinterlassen Sie eine Nachricht für mich an der Bar im King's Arms«, antwortete Nicola. »Der alte Johnny Fox verwahrt sie dann für mich. Anscheinend glaubt der Wirt dort an das, was ich hier tue. Und ich werde mich bei Ihnen melden. Viel Glück!« Nun wandte sie sich wieder ihrem Packen zu.

Es muss schwer sein, das alles hier auszuräumen.

»Wir werden unser Bestes tun«, sagte Kat. »Sollen wir Ihnen wirklich nicht hierbei helfen?«

»Sehr freundlich von Ihnen, aber machen Sie sich bitte keine Gedanken. Ich habe eine ganze Armee von Helfern, die morgen kommen, um die schweren Sachen zu bewegen. Die guten Frauen von Mydworth trommeln alle zusammen.«

»Da bin ich froh«, sagte Kat.

Und mit einem Nicken gingen sie.

Draußen auf dem Marktplatz blieben sie stehen. Harry

sah, wie die letzten Händler abzogen, Jungen Karren mit hoch aufgetürmten Waren wegschoben und Pferdefuhrwerke und Transporter umhermanövrierten.

»Also, ähm, was denkst du? Was sagt dir dein Instinkt?«, fragte er.

»Ich denke, wir müssen uns einschalten.«

»Gut, ich auch. Hast du einen Plan?«

Da Kat schon für einen Strafverteidiger in New York gearbeitet hatte, verfügte sie über mehr Erfahrung, weshalb Harry auf sie hören wollte.

Überdies hatte er in den jüngsten Monaten aus nächster Nähe erlebt, *wie* gut sie darin war, der Wahrheit auf den Grund zu gehen.

»Wie wäre es, wenn ich mal Mrs Buckman besuche?«

»Richtig. Und ich schaue im King's Arms vorbei und schnappe den Dorftratsch auf.« Er schaute hinüber zu dem belebten Pub, aus dem die Trinker schon auf die Straße zu torkeln begannen. »*Vox populi*, wie die Cäsaren sagten.«

»Warte damit lieber noch eine gute Stunde bis nach meinem Besuch, und ich wette, sie sind alle *noch* gesprächiger.«

»Ja, stimmt. Na schön … ich hab's! Ich werde mal bei dem guten alten Sergeant Timms vorbeischauen. Treffen wir uns in einer Stunde auf ein Pint?«

»Hervorragend«, sagte Kat. »Mir gefällt es, mit dir verheiratet zu sein.«

»Es ist bisher ziemlich lustig, nicht?« Harry tippte sich an den Hut und machte sich auf den Weg zur Polizeiwache.

3. Das Leben eines Wilderers

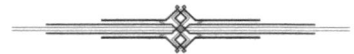

Kat ging die schmale Straße hinunter, die von der Damenausstatterin und dem Marktplatz wegführte, und folgte den Wegweisern zum Bahnhof.

Als ein hagerer Mann mit einem Karren, den ein dickbäuchiges Pferd zog, an ihr vorbeiwollte, musste sie sich dicht in einen nahen Hauseingang drücken. Das Fuhrwerk rumpelte langsam über das Kopfsteinpflaster und sah aus, als würde es jeden Moment auseinanderbrechen.

Der Mann, dessen Augen beinahe von seiner Mütze verborgen waren, blickte stur geradeaus.

Ich schätze, so macht man es hier. Wenn der Mann seinen Karren in deine Richtung lenkt, geh lieber rasch aus dem Weg!

Es war vollkommen anders hier als bei ihrem letzten Besuch in ihrem alten Viertel, wo es auf dem Bronx Grand Concourse plötzlich von Autos nur so gewimmelt hatte. Pferdefuhrwerke und Karren aller Art wichen zusehends dem bezahlbaren und vermeintlich verlässlichen Ford Model T.

Nachdem der Karren vorbei war, ging Kat weiter die Station Road hinunter, weg vom eigentlichen Ortszentrum und auf eine Brücke über den Fluss zu, hinter der sich der Bahnhof befand.

Kurz vor der Brücke und eine halb verborgene Biegung hinunter fand sie die Briar Lane – das Zuhause von Syd Buckman.

Sie passierte einige winzige Cottages. Mit jedem Schritt schienen diese Häuser kleiner zu werden. Und am Ende, wo es aussah, als handelte es sich bei dem Sandweg um eine Sackgasse, sah sie das letzte und kleinste Cottage.

Es stand kein Name an der Pforte, doch es war genauso, wie Nicola es beschrieben hatte.

Sogar von außen war der Ausdruck »marode« noch untertrieben.

Das Holz war splittrig und warf Blasen; es hatte längst das Stadium überschritten, in dem ein rascher Anstrich noch eine Rettung gewesen wäre.

Der Miniaturvorgarten, sofern man von Garten sprechen wollte, bestand aus wenigen blühenden Sträuchern, die sich einen vergeblichen Kampf mit bräunlichem Efeu lieferten.

Einige wenige Pflastersteine, die willkürlich platziert wirkten, bildeten eher eine Steinsammlung als einen richtigen Weg zur Haustür.

Es war Nachmittag, die Sonne schien warm, und drinnen wartete die Mutter eines toten Jungen.

Bin ich dem gewachsen?

Doch sie wusste, dass dies nicht der Zeitpunkt war, Zweifel zu hegen, und klopfte dreimal an die schäbige Tür.

Die Frau, die ihr öffnete, war das Inbild einer Trauernden.

Alles an ihrem Gesicht schien schlaff, als fehlte ihr die Kraft, sich noch gegen die Schwerkraft oder den Schmerz zu wehren. Ihre Augen waren geschwollen und rot von den vielen Tränen. Ohne Frage weinte diese Mutter tagein und tagaus, während sie wartete, dass dieser unerträgliche Schmerz nachließ.

Mit einer Hand hielt Elsie Buckman die Tür auf, in der anderen hatte sie ein Taschentuch fest um ihre Finger geschlungen.

Im Nahen Osten hatte Kat verschleierte Frauen gesehen, die Perlenketten ähnlich um ihre Finger gewunden hatten. Gebetsperlen, hatte ihr Standortleiter erklärt. »*Wenn Sie die sehen, wissen Sie, dass die Frauen sich wegen etwas sorgen … oder trauern.*«

»Mrs Buckman?«

Die Unterlippe der Frau bebte ein klein wenig, als wäre sie nicht mehr daran gewöhnt zu sprechen.

»Nicola Green hat mich gebeten, Sie … ähm … mal zu besuchen.« Nun war Mrs Buckman sichtlich verwirrt. Kat ergänzte rasch: »Und mit Ihnen zu reden …« Hier zögerte sie, doch waren die nächsten Worte unerlässlich für dieses Gespräch. »Über Ihren Sohn.« *Schimmern da neue Tränen in den Augenwinkeln der armen Mutter?* »Über das, was passiert ist.«

Die kleine, rundliche Frau ließ die Tür los und trat einen Schritt zurück, sah jedoch immer noch verwirrt und gequält aus.

»K-kommen Sie rein«, sagte sie und trat noch weiter zurück, als gäbe sie den Weg in ein prächtiges Herrenhaus frei, nicht in eine – wie schnell zu erkennen war – armselige Hütte.

Elsie Buckman zeigte zu einem von drei Stühlen, die an einem runden Tisch neben einem sehr kleinen Kochbereich standen.

Eine einzelne Petroleumlampe verstärkte das wenige Sonnenlicht, das ins düstere Haus fiel. Auf einem ausgefransten Läufer stand ein schmutzig brauner Sessel. Größtenteils war der Fußboden kahl, sodass die Dielenbretter zu sehen waren, in deren breiten Fugen sich über Jahre Dreck und Staub festgesetzt haben dürften.

Kat nahm Platz und gab sich Mühe, die Frau zu beruhigen.

»Sie sind die Amerikanerin. Seine Frau. Aber Miss Green hat gesagt, dass …«

Sie begreift nicht, warum ich allein hier bin.

»Mein Mann … forscht ebenfalls nach, Mrs Buckman.«

»Oh …«

Plötzlich wurde die Frau lebhafter. »Bitte, nennen Sie mich Elsie!« Dann, als ginge ihr auf, was hier geschah, fügte sie hinzu: »Mylady.«

Wahrscheinlich war es sinnlos zu erwähnen, dass ein schlichtes »Kat« ausgereicht hätte.

Die Frau blickte sich in ihrem winzigen Cottage um, als wäre sie soeben versehentlich hineingepflanzt worden.

»Oh, Entschuldigung, einen Tee vielleicht? Ich kann gleich den Kessel aufsetzen.«

Kat wollte eigentlich keinen Tee. Dennoch antwortete sie: »Das wäre nett.«

Die Frau drehte sich um und stellte den Gasherd an, dessen Flamme fauchend aufloderte.

Der Hahn spie gurgelnd und stotternd Wasser heraus.

Als der Kessel auf dem Feuer stand, drehte sie sich schließlich wieder zu Kat um, die fand, dass allein dieser schlichte Vorgang den Schmerz der Frau bestens illustriert hatte.

Der Tee wurde in zwei hübschen Tassen serviert, auf denen eine idyllische Landszene abgebildet war: Männer in Kniebundhosen umtanzten eine Frau im Ballkleid und mit Pompadour-Frisur.

Die dürften das Niedlichste in diesem Cottage sein.

Die Frau setzte sich ihr gegenüber an den kleinen Küchentisch.

»Elsie«, begann Kat. »Nicola sagte, dass Sie nicht glauben, dass der Tod Ihres Sohnes« – es kam ihr wie eine Ohrfeige vor, das Wort vor der Mutter auszusprechen – »ein Unfall gewesen sei.«

Kat hatte beim Sprechen ihr Notizbuch hervorgenommen, weil sie sich nicht sicher war, ob sie hier etwas Wichtiges erfahren würde.

Die Miene der Frau veränderte sich. Ihre schlaffen Wangen und die schweren Lider wichen einem unerwartet belebten Ausdruck.

»Unfall? Nein, das war kein Unfall! Mein Sohn, mein Syd … Jemand hatte es auf ihn abgesehen, da bin ich mir sicher!«

Elsie lehnte sich über den Tisch und starrte Kat an.

»Dieser … *Jemand*«, sagte Kat, »war das jemand, den Syd kannte? Den Sie kennen?«

Kat beobachtete Elsie aufmerksam, als ihre Worte langsam zu ihr durchdrangen.

»Kennen?«, wiederholte sie und ließ die Schultern erneut hängen. »Nein, ich … Es ist nur …«

Vielleicht gibt es hier gar kein Rätsel. Vielleicht haben wir hier nur eine arme trauernde Mutter, die sich verzweifelt eine andere Wahrheit wünscht.

Dann schien Elsie sich wieder zu konzentrieren.

»Vor zwei Monaten hat alles angefangen«, sagte sie. »Syd … Seit dem Frühling ist er immer öfter weggegangen, nicht? Die meisten Nächte war er unterwegs. Aber er hat anständiges Geld nach Hause gebracht und seinen Mietanteil bezahlt.«

»Haben Sie ihn nicht gefragt, woher er das Geld hatte?«

»Ach, das habe ich doch gewusst. Da, wo das von meinem Billy all die Jahre auch hergekommen ist. Aber Syd war nicht bloß hinter Kaninchen her.«

»Sie haben gewusst, dass er gewildert hat?«

Elsie antwortete mit einem Achselzucken.

»Und was ist dann passiert? Sind Leute gekommen und haben ihm gesagt, dass er aufhören soll? Wurde er bedroht?«

»Hm? Nein. Nichts in der Art. Nur … er fing an, so zappelig zu werden, hat immerzu auf Geräusche von draußen gehört. Er war so nervös. Ich habe ihn gefragt, was los ist, und er hat gesagt … Er hat gesagt … dass jemand es auf ihn abgesehen hat. Ich habe ihn gefragt, wer es ist, aber da ist er ganz still geworden und hat gesagt, ich soll mich um meinen eigenen Kram kümmern.«

»Das hilft mir sehr, Elsie. Wirklich sehr«, sagte Kate nickend und machte sich eine Notiz. »War in den letzten paar Monaten etwas ungewöhnlich? Irgendwas …?«

»Ungewöhnlich?«, fragte Elsie. »Nein, nichts. Obwohl … Syd war für einen Tag weg.«

»Weg? Wo war er?«

»Weiß ich nicht. Er hatte sein gutes Hemd angezogen, sich gewaschen und ist los. Mit dem Zug. Am nächsten Tag war er wieder zurück.«

»Hatte er das vorher schon mal gemacht?«

»Herrgott, nein! Vielleicht mal eine ganze Nacht durchgesoffen, aber er ist nie so richtig weg gewesen.«

»Wann war das?«

»Ach, irgendwann im Juni. Anfang Juni.«

»Und wie war er bei seiner Rückkehr?«

»Hm, komisch, wenn Sie mich fragen. Er war ganz fröhlich, ja, das war er. Wie die Katze, die den Sahnetopf gefunden hat.«

Kat wollte gerade mehr zu dieser rätselhaften Reise fragen, als hinter dem Küchenbereich eine Tür aufging.

Ein Mann kam herein, zog die Träger seiner Latzhose hoch und leckte sich die Lippen. Auf seinem Gesicht sprossen schwarze und graue Stoppeln, während sein Kopf bis auf dünne Büschel zu den Seiten hin kahl war.

Elsie drehte sich um. Auf einmal strahlte sie eine spürbare Anspannung aus.

Und selbst aus dieser Entfernung nahm Kat den Alkoholgeruch wahr, den der Mann ausdünstete. *Elsies Ehemann.*

Und Syd Buckmans Vater.

»Was?«, fragte er, während er sich noch mit seinem Träger abmühte.

Kat erriet, wo der Mann herkam. Von draußen. Vom Austreten, genauer gesagt.

In Häusern wie diesem galten Toiletten als ein Luxus, von dem die Bewohner nicht einmal zu träumen wagten.

»Billy, das ist die Frau, die Nicola …«

»*Die* schon wieder!«

Billy Buckman schüttelte den Kopf. Kat hatte den Eindruck, dass ein Mann wie er wenig Hochachtung vor dem hatte, was der WVS für die hiesigen Frauen tat.

»Wird uns ja eine Menge nützen! Aber … Moment mal! Wo ist der andere, der hohe Herr? Der, der *angeblich* so schlau sein soll?«

Billy war einige Schritte näher gekommen. Dieses Haus war eindeutig sein Herrschaftsbereich.

Und obgleich Kat sich angewöhnt hatte, Menschen nicht auf den ersten Blick zu beurteilen – eine nützliche Vorgehensweise, vor allem wenn man durch die Welt reiste und seine Regierung zu vertreten hatte –, in diesem Fall machte sie eine Ausnahme. Sie mochte den Mann, diesen Trinker, nicht. *Kein bisschen.*

»Mr Buckman, Sir Harry und ich versuchen, Ihnen zu helfen, was Ihren Sohn« – hier blickte sie zu Elsie – »und seinen *Unfall* angeht.«

Billy machte noch einen Schritt auf sie zu, als führten sie ein Streitgespräch. Er hob eine Hand und zeigte mit dem Finger auf Kat.

Nein, ich mag diesen Mann wirklich nicht.

»Ich sag Ihnen mal was. Sie sind Amerikanerin, stimmt's? Dieser *Unfall* war genau das, nämlich ein Unfall. Und wir brauchen Ihre verdammte Einmischung nicht.« Billy Buckman gab ein Schnauben von sich, das anscheinend das Gesagte unterstreichen sollte, ihn hingegen eher wie ein Rindvieh wirken ließ. »Haben Sie mich verstanden?«

Wieder der Finger, der wie eine Waffe auf Kat gerichtet war.

Ich könnte diverse Dinge tun. Einschließlich gehen.

Doch dann sprach Elsie.

»Mylady.« Sie warf ihrem schwankenden Mann einen Blick zu, als wollte sie ihn daran erinnern, wer hier an ihrem klapprigen Küchentisch saß.

Es mochte alter Gewohnheit geschuldet sein, jedenfalls nickte Billy und gab sich ein wenig zerknirscht. »Schon gut. Schon gut. Die Sache ist die, dass wir hier so erschüttert sind. A-Aber ich kann Ihnen sagen, wieso ich weiß … was ich weiß.«

»Das wäre gut«, sagte Kat.

Nachdem er abermals geschnaubt hatte, trat Billy zu einem Schrank über dem Spülbecken und holte eine Flasche mit einer bernsteinfarbenen Flüssigkeit heraus. Er öffnete sie und schenkte etwas in ein Glas.

Kat beobachtete, wie Elsie beunruhigt zu ihrem Mann schaute.

Ihre ganze Haltung drückte … Furcht aus. *Furcht vor ihrem Ehemann.*

Billy trank einen Schluck und leckte sich die Lippen.

Dann fing er langsam und konzentriert zu sprechen an, als müsste er sich sicher sein, genau das zu sagen, was er wollte – nicht mehr und nicht weniger.

»Ich habe gewusst, dass mein Junge zum Wildern draußen war«, sagte Billy, der mit einer Hand sein Whiskyglas umschlang. »Verstehen Sie, daher muss er ja das Geld gehabt haben, mit dem er herumgelaufen ist.« Er nickte, als wäre die Erklärung zur Gänze einleuchtend. »Hat ja eine Menge von dem Wild eingesackt und auch noch gute Preise gekriegt! So war das, stimmt's nicht, Elsie?«

Kat sah kurz zu seiner Frau, deren Haltung nach wie vor ängstlich war. Misstrauisch beäugte sie ihren Mann.

Trotzdem bewegte sie nun ihre bis eben geschürzten Lippen.

»Ich … ich …«

Billy wartete. Und eine unausgesprochene Warnung hing in der Luft.

Unwillkürlich fragte Kat sich, *wie* brutal dieser Säufer von einem Ehemann sein könnte?

Als er Elsie mit seinen blutunterlaufenen Augen fixierte, nickte sie. Zweimal, dreimal nickte Elsie ruckartig, sah jedoch nicht zu Kat. Anscheinend musste sie ihm dringend bestätigen, dass sie zustimmte.

Eben weil sie es nicht tat. Billy lügt.

Er nahm noch einen Schluck Whisky. Bald müsste er nachschenken.

»Aber das Ding ist ja, dass ich dem Jungen gesagt habe … Immer wieder habe ich es ihm gesagt … Auch wenn er durch mich so gut mit dem Gewehr ausgebildet ist … er soll vorsichtig mit Waffen sein. Auch die Besten machen Fehler. Schrecklich …«

Es folgte ein dramatisch-beschwerliches Kopfschütteln, und Kat war umso überzeugter, dass der Vater des toten Jungen log.

»Das ist es, was uns den Jungen genommen hat. Eine Unachtsamkeit, ein Stolpern, tja, und …«

Und nun wandte Billy sich wieder an Kat. Er grinste beinahe, entweder weil er seine Täuschung losgeworden war … oder weil der Alkohol wirkte.

»Da haben Sie es. Leider. War ein Unfall.«

Und seinem Blick nach erwartete er, dass sie jetzt ging. All die Fakten, wie Syds Vater sie erfunden hatte, waren klar. Und Elsie war verstummt.

Genau das sorgte Kat am meisten. Die Frau war mit diesem Ehemann hier gefangen.

Aber Kat war noch nicht fertig. Es wurde Zeit, dass sie sich ansah, wie Billy sich bei schwierigeren Fragen hielt.

»Mr Buckman, ich muss Sie noch etwas anderes fragen.«

Billys gekünsteltes Lächeln erstarb, und er schüttelte den Kopf.

»Ich … *wir* … haben Ihnen alles gesagt, was wir wissen. Das war's, haben Sie verstanden?«

Kat nickte. »Ähm, ja, sicher denken Sie, dass es das war. Aber was wissen Sie über die Drohungen?«

Und hier zögerte Kat. Würde ihr nächster Satz das Leben der Frau noch härter machen?

»Die Drohungen gegen Ihren Sohn …« Sie blickte zu Elsie, die jedoch wie versteinert war und sie nicht ansah. »Morddrohungen, Mr Buckman. Von denen müssen Sie doch gewusst haben.«

Und nun stockte Billy aus einem gänzlich anderen Grund, bevor er antwortete. Er leerte sein Glas und knallte es fest auf die kleine Abstellfläche neben der Spüle.

»Hören Sie … klingt, als würden Sie *nicht* gut hören. Ist das ein Problem bei euch Amis? Dass ihr nicht hört? Nicht zuhört? Ich habe Ihnen gesagt, was wir wissen. Und wir wissen nichts von Drohungen.«

»Und von der kleinen Reise, die Syd im Juni unternommen hat? Ich nehme an, von der wissen Sie auch nichts?«

»Reise? Ich weiß nichts von einer Reise.«

Und dann machte Billy noch einen Schritt auf Kat zu. Zwar schwankte er, jedoch nicht so sehr, dass seine korpulente Gestalt und seine dicken Fäuste keine Gefahr darstellten.

»Jetzt raus hier! Sofort. Lassen Sie uns, zum Teufel noch mal, in Ruhe.« Mit einem hämischen Grinsen ergänzte er: »Mylady. In diesem Land gelten immer noch Gesetze, wissen Sie? *Mein* Haus. Ich bestimme, wen ich hier drinnen haben will und wen nicht.«

Hierauf erhob Kat sich und war froh, einige Zentimeter größer als Billy zu sein.

Außerdem fragte sie sich, wie es wäre, sich gegen diesen Rüpel von Ehemann zur Wehr zu setzen.

Sie schaute hinüber zu Elsie, die sich nun erst umdrehte.

Und richtete ihre Worte ausschließlich an Syds Mutter.

»Danke! Und ich lasse es *Sie* wissen, sollten wir etwas herausfinden.«

Die Frau nickte zaghaft, als Kat sich umdrehte und das schäbige Cottage mit der von Wut und Alkohol getränkten Luft verließ.

4. Ein Besuch beim Sergeant

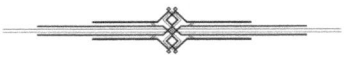

Harry stieg die wenigen Steinstufen hinauf zur kleinen Wache, dem beruflichen Zuhause von Sergeant Timms und dessen Constables. Ein Ort, an dem er noch nie gewesen war.

Allein das machte dieses Unterfangen recht … *interessant.*

Er öffnete die Tür, und drinnen saß Timms in seiner Uniform am Schreibtisch. Wo er die Zeitung las.

Ja, das Verbrechen hat hier keine Chance.

Timms blickte auf, und kaum sah er Harry, schoss er aus seinem Stuhl hoch. Oder zumindest erhob er sich so schnell, wie es dem beleibten Polizisten möglich war.

»Sir Harry! Ist alles in Ordnung? Es gibt doch keine Schwierigkeiten im Herrenhaus, hoffe ich?«

Harry war beinahe versucht, dem Mann zu sagen, er möge es ruhig angehen lassen.

»Nein, dort ist alles gut, Sergeant Timms. Lady Lavinia lässt Sie grüßen.«

Auf diese Lüge hin strahlte Timms ihn an.

Harry fasste sich ans Kinn. »Da ist eine kleine … Angelegenheit … über die ich mit Ihnen sprechen muss.«

Timms zog die Augenbrauen hoch.

»Eine *Angelegenheit?*«

»Ja«, antwortete Harry lächelnd und hoffte, damit den Schrecken zu mildern, den seine Worte verursacht hatten.

Timms deutete zu einem schlichten Holzstuhl vor seinem Schreibtisch. »Möchten Sie sich setzen, dann können wir die Angelegenheit besprechen, Sir.«

»Nein danke, Sergeant, ich bleibe lieber stehen. Es dauert auch nicht lange, denn ich habe bloß einige Fragen. Zu Syd Buckman.«

Und Timms, der sein Bestes gab, mit Harrys Worten mitzuhalten, formte die Lippen zu einem Oval von bühnenreifer Perfektion, das oben von seinem sorgsam gepflegten Schnauzbart eingerahmt wurde.

»Der Junge, der den Unfall hatte?«

»Ebender. Seine Mutter, die arme Seele, hat meine Frau und mich gebeten, nun ja, uns die Sache einmal anzusehen.« Noch ein Grinsen. »Anscheinend haben wir uns durch diese Geschichte bei meiner Tante einen gewissen Ruf erworben.«

»Verstehe«, sagte Timms, was nicht besonders glaubwürdig klang. »Für die Mutter muss es ein Schlag gewesen sein. Gewiss ist sie verzweifelt.«

»Denke ich auch. Und der Vater gleichfalls.«

Hier verengte Timms die Augen.

»Billy Buckman? *Der?* Tja, vielleicht in den wenigen Minuten, die er mal nüchtern ist. Und die sind wahrlich selten, Sir.«

»Ein Trinker? Wie dem auch sei, ich habe einige Fragen zu dem Unfall, und Sie sind ja der Fachmann, nicht wahr?«

Ich muss aufpassen, es nicht zu übertreiben. Selbst Timms könnte merken, wenn er – de facto – verhört wurde. »Sie haben ziemlich eindeutig entschieden, dass es ein Unfall war?«

»Oh ja. Der Junge hatte gewildert. Er wurde mit einem jungen geschossenen Hirschbock gefunden. Er muss gestolpert sein und …«

»Das Gewehr ging los?«

»*Genau*. Und beim Sturz hat er sich auch noch den Kopf aufgeschlagen.«

»Ich würde dennoch meinen – und Sie sicherlich auch, Sergeant –, dass ein jagderfahrener Mann bei Nacht gemeinhin sehr vorsichtig wäre. Es sei denn, er hatte, wie sein Vater, vorher zu viel getrunken.«

Doch Timms schüttelte den Kopf. »Hätte ich auch gedacht, Sir, aber nein. Nicht einen Tropfen hatte er getrunken. Nicht einmal einen Flachmann gegen die nächtliche Kälte hatte er bei sich. Er war stocknüchtern, würde ich sagen.«

»Und trotzdem ist er jetzt mausetot. Gestolpert und gefallen … mit dem Finger am Abzug?«

Timms nickte, er war ganz offensichtlich überzeugt davon.

»Nur aus Neugier, Sergeant, halten Sie es für möglich, dass ich mir das Gewehr ansehe? Vorausgesetzt, Sie haben es noch.«

»Gewiss doch, Sir. Natürlich dürfen Sie das.« Timms ging auf ein Hinterzimmer zu. »Ist hier hinter Schloss und Riegel«, sagte er und blickte sich zu Harry um. »Es handelt sich ja schließlich um ein Beweismittel.«

»Ganz richtig.«

Wenig später kehrte Timms mit dem Gewehr zurück, den Lauf nach unten gerichtet.

Harry fiel sofort ein roter Schmierstreifen am Laufende auf. Wenigstens hatte Timms nichts an der Waffe verändert; Syd Buckmans Blut war noch dran.

Harry betrachtete das Gewehr, das ihm aus seiner

Militärzeit so vertraut war, zog den Bolzen zurück, um die Kammer zu öffnen, nahm das Magazin heraus, setzte es wieder ein und blickte durchs Visier. Dann überprüfte er den Schaft.

»Keine Seriennummer«, sagte er zu Timms.

»Weggeschmirgelt, Sir. Was mich nicht wundert. Viele solcher Waffen sind aus Frankreich zurückgekommen und auf Dachböden oder in Kellern gelandet. Oder eben in den Händen von Wilderern.«

»Ein gutes Gewehr. Ideal, um einen Hirsch zu schießen, denke ich. Aber eines ist hier, Sergeant ...«

»Ja?«

»Die Sicherung – an einer Lee Enfield?« Harry klickte sie auf und zu. »Man kann nicht verwechseln, ob die Waffe gesichert ist oder nicht. Die Sicherung ist sehr praktisch platziert, nicht? Einfach mit dem Daumen zu bedienen, weshalb man willentlich entscheiden muss, das Gewehr *nicht* zu sichern.«

»Vielleicht hatte er es nur *noch nicht* gesichert.«

Harry sah zu Timms und staunte, dass er ihm das Offensichtliche erklären musste. Anscheinend war es für den Sergeant nicht ganz so offensichtlich.

»Wie Sie sagten, hatte er einen Hirschbock geschossen. Die Jagd oder vielmehr das Wildern war für jene Nacht erledigt. Da sichert man das Gewehr und geht nach Hause. Das, oder man holt die Patronen aus dem Magazin. Aber Sie sind überzeugt, dass genau das *nicht* geschehen ist?«

Harry glaubte, auf der Miene des Sergeants ein kurzes Aufblitzen wahrzunehmen, als wäre ihm soeben ein Licht aufgegangen.

»Nun ja, Sir, ich denke, ähm, tja, ja ... Das ist ein bisschen merkwürdig, jetzt, da Sie es sagen. Trotzdem ...«

Rasch schwenkte Timms wieder zurück zu seiner Lieblingstheorie. »Wenn man alles bedenkt … Die vernünftigste Erklärung ist, dass es schlicht und ergreifend ein Unfall war.«

Harry bezweifelte, dass Timms – wie behauptet – *alles* bedacht hatte.

Er gab dem Polizisten das Gewehr zurück.

Der nickte, während Harry sich Zeit mit seiner nächsten Frage ließ. Timms war nett und kooperativ gewesen – bisher. Weshalb indes nicht ausgeschlossen war, dass sich der Mann auf seine offizielle Position wie auch auf die Regeln der Bürokratie berief, um Harry die Antworten zu seinen Fragen zu verweigern. Wie beispielsweise auf die …

»Haben Sie gewusst, dass Syd Buckman wilderte?«

»Na ja, Sir, es war mehr oder minder allgemein bekannt. Liegt in der Familie, das kann ich Ihnen sagen. Sein Dad Billy hat eine Akte so lang wie mein Arm. Kleinigkeiten, keine Frage, aber wir hier … Ich und die Constables haben nicht die Mittel, durch den Wald zu pirschen und nach solchen Leuten zu suchen.«

»Das versteht sich von selbst«, stimmte Harry ihm eilig zu.

»Aber, ja, wir wussten, was Syd im Schilde geführt hat.«

»Und ebenso, vermute ich mal, wusste es der Grundbesitzer, Mr Shreeve.«

Könnte dies noch ein Gedanke sein, der dem Sergeant nicht gekommen war? *Gut möglich …*

»Oh, ich denke, er hat es gewusst. Immerhin war es sein Grund, sein Wild. Sein Verwalter muss das Problem gekannt haben. Ich könnte mir vorstellen, dass er regelmäßig Patrouille ging und so.«

»Aber Sie wissen es nicht genau?«

Ein Kopfschütteln erfolgte. »Nein. Ich habe vergessen, ihn zu fragen.«

»Aber Sie haben mit dem Verwalter gesprochen? Wie heißt er noch gleich … Nailor?«

»Ja, Sir, Fred Nailor. Das habe ich. Es war ja Fred, der die Leiche gefunden hat.«

»Ah, verstehe. Das muss schlimm für ihn gewesen sein.«

»Gehört alles zum Beruf, nehme ich an.« Timms hatte auch das offensichtlich bisher nicht bedacht.

»Und das Wild?«

»Sir?«

»Was ist mit dem Hirschbock passiert, Sergeant?«

»Na ja, Sir, den habe ich seinem rechtmäßigen Besitzer zurückgegeben, Mr Shreeve. Er war gleich am nächsten Tag hier auf der Wache, sobald wir damit fertig waren.«

Harry nickte. »Und wie schien er über die Sache zu denken … über den Tod des Jungen? Diesen Unfall? War er erschüttert, oder …?«

Timms schüttelte den Kopf. »Kann ich nicht sagen. Fred Nailor war bei ihm. Er hat den Sack mit dem Hirschbock genommen und hinten in seinen Wagen gelegt. Mr Shreeve hat sich bei mir bedankt.« Er stockte. »Aber er hat etwas gemurmelt – verzeihen Sie meine Ausdrucksweise, Sir –, ›verfluchte Wilderer‹, hat er gesagt.«

»Und die, also die Wilderer, sind dieser Tage ein Problem?«

»Nun, Sie wissen ja, wie es ist, Sir. In der Gegend gibt es viele große Anwesen. Einige gute Jagden. Es dürfte hier nur wenige Einheimische geben, die noch nie Fasan gegessen haben, was? Und die je nachgefragt haben, wie der auf ihren Teller gekommen ist.«

»Aber Wildbret ist noch mal etwas anderes?«

»Oh ja. Das zu wildern ist ein ernstes Vergehen. Nur

ein oder zwei Einheimische hier gehen auf Wildbret. Aber es gibt noch ein paar mehr üble Gesellen wie Buckman weiter unten in den Downs. Und einige richtig zwielichtige Typen, Wanderarbeiter, die von Dorf zu Dorf ziehen. Wahrscheinlich ist es auf die Art für sie langfristig sicherer.«

Harry lächelte. »Vielen Dank, Sergeant! Sie haben mir sehr geholfen zu verstehen, was genau« – und hier war eine sorgfältige Wortwahl gefragt – »geschehen sein mag. Eines noch …«

Timms atmete geräuschvoll durch die Nase ein, was seine Art zu sein schien, sich für die nächste Frage zu wappnen.

»Falls es – so unwahrscheinlich es auch sein mag – kein Unfall war, fiele Ihnen jemand ein, der einen Groll gegen Syd Buckman hegte?«

»Nicht, dass ich wüsste, Sir. Ich meine, wir sind nicht herumgegangen und haben Leute dazu befragt.«

Harry nickte, als wäre das vollkommen in Ordnung.

»Ja, dazu gab es ja auch keinen Grund, hm? Wo es doch ein Unfall war. Aber falls Sie zufällig irgendwas erfahren oder Ihnen jemand einfällt, bei dem der Junge angeeckt ist, meinen Sie – wahrscheinlich wird es nicht vorkommen –, dass Sie mich anrufen könnten?«

»Selbstverständlich, Sir. Obwohl ich sagen muss …«

»Sie sind ein guter Mann, Sergeant.« Harry zückte sein Notizbuch und riss eine Seite heraus.

»Hier ist meine Telefonnummer im Dower House. Nur wenn Ihnen irgendwas zu Ohren kommt.«

»Ja, sicher doch, Sir. Oh, da gibt es eine Sache. Der Vater des Jungen …«

»Ja?«

»Der kommt immer wieder her und verlangt sein Eigentum zurück.«

»Eigentum?«

»Das Gewehr, Sir. Ich habe ihm erklärt, dass es ein Beweisstück ist und unter Verschluss bleiben muss, bis der Fall endgültig abgeschlossen ist. Lange wird es ja nicht mehr dauern. Aber ich muss sagen, dass er ganz schön angriffslustig ist. Ich musste ihn schon verwarnen.«

»Aha, das ist seltsam. Er sorgt sich mehr um das Gewehr als um seinen Sohn?«

»Ja, scheint so.«

Harry ging bereits zur Tür, als er stehen blieb und sich umdrehte.

»Nochmals danke, Sergeant! Sie haben mir sehr geholfen.«

Hierauf schwoll dem Sergeant die Brust, und er erwiderte Harrys Lächeln.

5. Zwei halbe Pints im King's Arms

Kat hatte vor dem Pub auf Harry gewartet, weil der Nachmittag warm genug war, um es sich draußen angenehm zu machen.

Außerdem war sie bisher noch nicht in diesem Pub gewesen, und die Verhaltensregeln in dieser so sehr britischen Institution waren … ein wenig furchteinflößend. Doch dann sah sie Harry über den Platz zu ihr geeilt kommen.

Er legte eine Hand auf ihre Schulter.

»Bist du bereit, dich dem King's Arms zu stellen? Wir könnten auch ins Café gehen, obwohl es dort an einem schönen Tag wie heute recht voll sein dürfte. Oder wir könnten …«

»Der Pub. Es wird Zeit, meinst du nicht?«

»Ja, richtig. Na schön, gehen wir rein!«

Er ging voraus zu der schweren Holztür mit den Buntglasscheiben, die so geriffelt waren, dass sie nicht erkennen ließen, was sich drinnen verbergen mochte.

Harry blieb im Pub stehen und drehte sich zu Kat um.

»Wie wäre es, wenn du uns einen hübschen Tisch dort im Nebenraum suchst?«

Er zeigte zu einem Bereich, der halb abgetrennt von dem großen Schankraum war.

Kat blickte sich um. »Ich finde, wir könnten uns auch einfach an die Bar stellen, oder? Und uns dort unterhalten.«

Weiß Kat, dass ihr Vorschlag so gar nicht der Norm entspricht – für eine Frau bei einem Besuch im King's Arms? Natürlich weiß sie es.

Trotzdem versuchte er, sie von ihrer Idee abzubringen.

»Nun, *Lady Mortimer*, dieser entzückende kleine Raum dort drüben ist eigens gedacht …«

Kat sah noch einmal kurz in die Richtung, in die Harry zeigte, ehe sie sich wieder zu ihm wandte.

»Ich weiß … Das heißt, ich kann es mir denken. Der Nebenraum ist für das Weibervolk?«

»Richtig. So, ähm, ist es gedacht.«

Sie trat einen Schritt näher zu Harry. Sehr nahe, stellte er fest. Ihre Stimme wurde zu einem Flüstern, und ihre Lippen …

Nun, die waren auch sehr nah.

»Tja, *Sir Harry*, ich habe früher an einer Bar bedient. Einer ganz ähnlichen wie der hier. Deshalb kann ich auf kleine Holztische mit winzigen Lampen, an deren Schirmen Fransen baumeln, dankend verzichten.«

»Verstehe.« Und er verstand es wirklich. »Na gut.«

Er nahm ihre Hand und führte sie zum langen Tresen des King's Arms.

Kaum standen sie an der Bar, fühlte Kat die Blicke der wenigen Gäste an den Tischen in der Nähe. Es waren allesamt eher ältere Männer, die bei ihren Pints saßen und so aussahen, als wohnten sie hier. Nun jedoch beobachteten sie aufmerksam, was an der Bar vor sich ging.

Kat beschloss, sie nicht zu beachten.

Der Wirt, ein stämmiger Kerl mit dunklen Augen und einem buschigen grau melierten Bart, kam zu ihnen.

Harry sah von dem Wirt zu Kat. »Kat, darf ich dir einen alten Freund vorstellen? Johnny Fox. Ihm gehört dieses Lokal.«

Für einen Moment konnte Kat nicht erkennen, ob der Wirt mit dem Falstaff-Bart sie begutachtete oder sich lediglich eine angemessene Begrüßung überlegte.

»Also, also, Sir Harry, Sie haben mir gar nicht erzählt, dass Ihre amerikanische Braut *so* schön ist.« Nun erstrahlte ein breites Lächeln auf Johnny Fox' Gesicht.

»Nicht nur das, Johnny. Sie ist auch noch klug.«

Johnny nickte. »Lady Mortimer«, sagte er immer noch lächelnd und mit einem Blick, der besagte: *Freunde von Harry …*

Kat erwiderte das Lächeln. «Wenn ich hier Stammgast werden soll, beschränken wir uns vielleicht auf Kat?«

»Ha! Dann Kat!« Er beugte sich näher zu ihnen. »Und was darf ich Ihnen beiden bringen?«

»Zwei halbe Pints of mild, denke ich«, antwortete Harry und sah dabei zu Kat, als würde sie verstehen, wovon er sprach. »Hört sich das gut an, Kat?«

Sie lachte. »Ja, sicher.«

Johnny Fox ging ans andere Ende der Bar, um ihre Biere zu zapfen.

»Und was genau heißt jetzt halbe Pints of mild?«

»Ach, ich finde nur, dass es für ein ganzes Pint noch ein bisschen zu früh ist.«

»Wenn du mich fragst, ist es ein bisschen zu früh, um überhaupt Bier zu trinken.«

»Touché«, sagte Harry. »Aber andere Länder …«

»Und mild?«

»Ein typisch englisches Bier. Gab es das bei euch in den Kolonien nicht?«

Kat musste grinsen. In der Bar ihres Vaters hatte sie eine Menge unterschiedlicher Biere ausgeschenkt. Aber niemand hatte dort »ein mildes« Bier bestellt.

»Nein, das wird eine Premiere. Ich lebe mich noch ein, musst du wissen.«

»Und das machst du famos.«

»Okay, es ist recht ruhig, also können wir jetzt darüber reden, was wir erfahren haben, oder nicht?«

»Oh ja. Ich hatte eine sehr interessante Unterhaltung mit Sergeant Timms.«

Johnny Fox kam zurück und stellte ihnen zwei kleine Gläser auf Untersetzern hin.

Kat nahm ihres auf und nippte daran.

»Es ist warm«, sagte sie, als der Wirt außer Hörweite war.

»Ja, sicher. Warum sollte man ein Bier eiskalt trinken?«

»Tja, ich muss sagen, Harry – und am besten zeige ich es dir eines Tages –, dass nichts über einen sonnigen Nachmittag im Yankee-Stadion geht, wenn man dem großartigen Lou Gehrig zuschaut, einen warmen Hotdog in der einen Hand und ein eiskaltes Bier in der anderen.«

»Hm, ja, das kann ich mir vorstellen.« Er stieß mit ihr an. »Also Timms ist fest davon überzeugt, dass es ein Unfall war, obwohl alle Beweise dagegensprechen.«

»Die da wären?«

»Zunächst einmal das Gewehr. Ein Lee Enfield.«

»Bei Schusswaffen bin ich nicht auf dem Laufenden. Warum ist die Marke wichtig?«

»Wegen der Sicherung. Das Gewehr hat keinen versteckten Bügel. Man kann nicht übersehen, ob die Waffe gesichert ist oder nicht, und sie bleibt gesichert, bis man bereit zum Schuss ist.«

»Aber Syd Buckman hatte bereits …«

»*Eben.* Er hatte seinen Hirschbock schon geschossen und war auf dem Heimweg. Falls er sich mit der Waffe auskannte – was man bei jedem guten Wilderer voraussetzen würde –, müsste der Lauf nach unten gerichtet gewesen sein, das Gewehr gesichert und der Magazinschacht leer. Ach, und übrigens, ohne allzu sehr ins Detail gehen zu wollen, auf dem Lauf war ein deutlicher Streifen Blut zu erkennen.«

»Was nicht ungewöhnlich wäre, oder? Ich meine, das würde man bei einem Jagdunfall doch erwarten. Wo war die Eintrittswunde?«

»In der Brust, glaube ich.«

»Demnach passt es zu einem Sturz. Der Junge stolpert, kippt nach vorn auf sein Gewehr und drückt versehentlich ab …«

Harry trank noch einen Schluck Bier. »Und Timms zufolge gibt es auch noch eine hässliche Kopfwunde.«

»Hat Syd sich den Kopf angeschlagen, als er fiel?«

»Hm«, sagte Harry. »Wie es sich anhört, glaubst du auch, dass es ein Unfall war.«

»Ich ziehe nur alle Möglichkeiten in Betracht. Doch du hältst nichts von Timms' Theorie?«

»Nein, immer noch nicht.«

»Gut. Dann warte, bis du hörst, was *ich* erfahren habe.«

»Na, das wird richtig spaßig. Und ich dachte, dass ich dich in ein verschlafenes Dorf in Sussex bringe.«

»Oh, dieses Dorf ist ganz und gar nicht verschlafen«, entgegnete Kat, die ihr leeres Glas auf den Tresen stellte. »Und ich brauche die andere Hälfte hierzu, wenn ich dir vom trauten Heim der Buckmans erzähle.«

Harry beobachtete, wie Kat den Wirt herbeiwinkte und noch zwei halbe Pints bestellte.

6. Syds Geheimnis

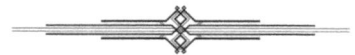

Harry nickte, während er dem Bericht seiner Frau zu dem Gespräch mit Elsie und Billy Buckman lauschte. Als sie fertig war, sah er sie an. Er bezweifelte, dass er es jemals leid sein könnte, ihr Gesicht mit den wachen dunklen Augen anzuschauen. Jetzt gerade war es sehr ernst.

»Die arme Frau, Harry. Es ist, als würde sie von ihrem Mann gefangen gehalten.«

»Den Typ Mann kenne ich. Und sollte er dir jemals drohen …«

Kat schmunzelte. »Oh, ich denke, mit einem Billy Buckman werde ich durchaus allein fertig.«

Harry lachte. »Dein berühmter linker Haken?«

»Ganz richtig. Gefolgt von einem Hieb in die Magengrube.«

»Autsch!«, sagte Harry lachend.

Er trank von seinem Bier. »Aber was Elsie gesagt hat, ist interessant. Könnte Syds kurze Reise mit diesen Morddrohungen zusammenhängen?«

»Möglich wäre es. Mehr konnte ich nicht herausbekommen, denn Billy machte dicht, als ich gefragt habe.«

»Und du hattest das Gefühl, dass er lügt?«

»Ja, eindeutig. Er verschweigt etwas.«

Harry blickte zur Seite. Nicht zum ersten Mal dachte

er – nun ja –, dass sie trotz ihrer Auslandserfahrungen im Dienst für König und Vaterland *wirklich* keine Detektive waren.

All das verwirrte ihn. *Was könnte Billy Buckman verschweigen? Und warum?* Nun kam ihm ein erst recht bizarrer Gedanke: Was, wenn *er* etwas mit dem Unfall seines Sohnes zu tun hatte?

»Ein Penny für deine Gedanken«, sagte Kat.

Grinsend schüttelte Harry den Kopf. »Oh, die dürften nicht einmal den Penny wert sein! Mir ging bloß gerade auf, dass wir anscheinend keine Ahnung haben, was los ist.«

»Noch nicht.«

»Mir gefällt dein Optimismus.«

»Es wird sich alles aufklären, Harry.«

Harry sah zum anderen Ende der Bar, wo Johnny Gläser polierte.

Doch der Wirt bemerkte Harrys Blick, legte sein Geschirrtuch weg und kam zu ihnen.

»Noch eine Runde, Sir Harry?«

»Leider nein, Johnny. Aber ich überlege gerade. Es ist nämlich so, dass Kat und ich … Elsie Buckman helfen möchten. Wir würden sie gern beruhigen, was ihre Zweifel an dem Unfall angeht.«

»Eine schlimme Geschichte. Die arme Frau.«

»Ja.« Harry sah Kat an und fragte sich, ob sie erriet, was er vorhatte.

»War Syd Buckman manchmal hier?«

»Klar, hin und wieder.«

»Und hatte er Geld?«

»Für ein paar Bier? Ja, das schien kein Problem zu sein. Erst recht nicht in letzter Zeit.«

Wieder blickte Harry zu Kat. *In letzter Zeit …*

Dann sah er zurück zu Johnny. «Haben die Leute gewusst, was er tat? Das mit dem Wildern, meine ich?«

Hierauf zögerte Johnny. »Wer wusste das nicht? Aber, na ja, hier kümmert sich jeder um seinen eigenen Kram, nicht? Der Junge hat eben ab und zu ein bisschen was dazuverdient, um Essen auf den Tisch zu bringen. Und eine Menge meiner Gäste sind nicht gut auf die Großgrundbesitzer zu sprechen.«

Harry grinste. »Sicher wird meine Tante froh sein zu hören, dass sie nicht eingeschlossen ist.«

»Auf keinen Fall. Sie hat ein großes Herz, aber das wissen Sie ja.«

Nun kam eine Frage von Kat, die Harry bewies, dass sie mit ihm auf einer Wellenlänge war.

»Hatten Sie irgendwelche Probleme mit Syd? Schlägereien oder Zank?«

Der Wirt sah zur Seite. »Nein, nicht hier in meinem Pub, das kann ich Ihnen sagen. Nichts, was ich gesehen hätte.«

Harry ahnte, dass Johnny mehr zu dem Thema zu sagen hatte.

»Aber es gab welche?«

»Ach, Syd platzte leicht mal der Kragen«, antwortete Johnny.

»Draußen, nach Ladenschluss?«

»Kann sein. Irgendein Streit … aus dem eine kleine Klopperei wurde.«

»Irgendwas Bestimmtes in den letzten paar Monaten?«, fragte Kat.

»Hm. Vor einigen Wochen habe ich gehört, wie er sich draußen auf dem Platz mit jemandem anlegte. Es hieß, dass es ein anderer Wilderer war. Aber, wie gesagt, nicht hier drinnen.« Johnny grinste. »Meine Gäste wissen das.«

Harry sah Kat an. *Eine Prügelei mit einem anderen Wilderer.* Sie nickte.

»Und gab es Freunde, mit denen er herkam?«

Johnny Fox kratzte sich den dicken Bart. »Na, Sie kennen ja die jungen Leute. Die haben nur Blödsinn zusammen gemacht. Ich weiß nicht genau … ah, nein … warten Sie mal. Ich glaube, mit *einem* Burschen war er besser befreundet. Chaz Todd.«

Harry bemerkte, wie Kat ihm zulächelte.

Ein Freund. Syds Kumpel. Und ein Name. *Sehr hilfreich.*

»Und«, hakte Harry umgehend nach, »wissen Sie zufällig, wo wir ihn finden?«

»Oh ja. Er arbeitet bei seinem Vater, dem Schmied. Oben in der Hill Lane? Hauptsächlich ist er als Hufschmied unterwegs, zumindest bei seinen Stammkunden. Und Chaz lernt bei ihm. Ich schätze, meistens wird er in der Schmiede sein.«

»Danke, Johnny«, sagte Harry. Dann fiel ihm noch etwas ein. »Übrigens, kommen hier manchmal Leute vom Shreeve-Anwesen her?«

»Ein oder zwei sehen manchmal auf ein Pint rein.«

»Was ist mit Fred Nailor?«

»Fred? Ja, der ist ab und zu hier. Jetzt übrigens auch.« Johnny drehte sich um und nickte zum hinteren Teil des Schankraumes, wo zwei Männer bei Pints an der Bar saßen. »Da drüben. Der große Kerl mit dem Schnauzbart. Wollen Sie mit ihm reden?«

»Gern. Nur kurz«, antwortete Harry.

Johnny nickte und ging hin.

Harry sah, wie er sich zu den beiden Männern beugte. Einer von ihnen, groß, mit Schnauzbart, in den Vierzigern, blickte zu Harry und Kat, klopfte seinem Trinkkumpan auf die Schulter und kam zu ihnen.

»Mr Nailor?«, fragte Harry, stand von seinem Barhocker auf und reichte ihm die Hand. »Harry Mortimer. Und dies ist meine Frau Kat.«

»Freut mich«, sagte Nailor, der ihnen beiden die Hand schüttelte. »Was kann ich für Sie tun?«

Harry lächelte. Ihm gefiel der Mann auf Anhieb, er trat umgänglich auf und hatte einen warmen Händedruck.

»Ich möchte Sie jetzt nicht stören, aber wir würden uns gern bei Gelegenheit mit Ihnen über den jungen Mann unterhalten, der vor ein paar Wochen oben auf dem Anwesen gefunden wurde.«

Nailors Züge verfinsterten sich. »Eine schreckliche Sache, wie der Junge sein Leben verloren hat.« Nailor holte tief Luft. »Seine arme Mum muss am Boden zerstört sein. Ich mag mir das gar nicht vorstellen.«

»Ja, ich weiß«, sagte Harry.

Nailor neigte sich etwas vor. »Mich macht vor allem wütend, was für eine Dummheit das war. Ich weiß ja, dass die Zeiten hart sind, aber mit Gewehren herumzuspielen und zu wildern?«

Kopfschüttelnd hielt er inne. Dann sah er zu Harry auf. »Aber warum fragen Sie?«

»Wir sind von Freunden der Familie gebeten worden, alles über den Fall herauszufinden, was wir können«, erklärte Kat.

Harry sah Nailor nicken. »Ah, damit sie beruhigt sind? So in der Art?«

»Ja, in der Art«, sagte Harry und ergänzte leiser: »Aber das King's Arms ist nicht der Ort, um das zu besprechen. Ginge es vielleicht irgendwo anders?«

»Natürlich. Ich will jetzt zurück zum Anwesen. Gegen sechs müsste ich fertig sein. Wie wäre es, wenn Sie dann auf einen Tee in mein Büro auf dem Anwesen kommen?«

»Hervorragend«, sagte Harry. »Danke für Ihr Verständnis, Mr Nailor!«

»Eine trauernde Familie, da tun wir doch alle, was wir können, nicht wahr?«

»Genau«, bestätigte Harry.

»Ich muss dann mal«, sagte Nailor, sah Kat an und tippte sich an den Hut. »Hat mich gefreut.«

»Mich auch«, antwortete Kat.

Dann winkte Nailor seinem Bekannten am anderen Ende der Bar zu, rief: »Bis dann, Johnny!«, und verließ den Pub.

»Wie es aussieht, haben wir heute Nachmittag einiges vor«, stellte Kat fest.

»Ganz richtig.« Harry zückte seine Brieftasche, als Johnny zu ihnen kam.

»Bedaure, Sir Harry«, sagte Johnny mit Blick zu der Brieftasche. »Der erste Besuch mit der gnädigen Frau? Der geht aufs Haus.«

Harry sah grinsend zu Kat. *Die gnädige Frau.*

Es gab vieles in diesem Dorf, was ihm gefehlt hatte.

Und Johnny zählte dazu.

Sie standen draußen vor dem Pub im warmen Nachmittagssonnenschein, und Kat fragte: »Wollen wir den Freund besuchen? Diesen Chaz?«

»Ja. Wenn jemand etwas über Syd weiß, wird es sein bester Freund sein.«

»Jeder hat Geheimnisse«, sagte Kat. Das wusste sie allzu gut, seit sie im Außendienst für ihr Heimatland gearbeitet hatte. *Und zugleich braucht jeder jemanden, dem er diese Geheimnisse anvertrauen kann.*

»Wollen wir zusammen hingehen?«, fragte Harry. »Und anschließend zum Shreeve-Anwesen?«

»Ich denke, ja. Das alles wird – um einen eurer Autoren, den fabelhaften Lewis Carroll und seine *Alice im Wunderland*, zu zitieren – *verquerer* …«

»… und verquerer, stimmt. Eines noch, Kat, auch wenn es dir bereits bewusst sein dürfte.«

Sie sah, wie sich das Licht in Harrys dunkelblauen Augen spiegelte. Sein schwarzes Haar, das mal wieder geschnitten werden müsste, wehte in der sanften Brise.

»Falls Syd Buckmans Tod kein Unfall war, müssen wir uns über eines im Klaren sein.«

Er hatte den Satz noch nicht beendet, da nickte Kat schon.

»Dass irgendwo hier ein Mörder frei herumläuft? Du denkst, es gibt einen Täter, der ungestraft davongekommen ist?«

»Ja, und vielleicht«, sagte er leiser, »ist er nicht sehr froh über das, was wir tun.« Dabei bewegte er den Arm im Kreis, als würde er in einem großen Topf rühren.

»Sprichst du von Gefahr, Sir Harry?«

»Ich glaube, das tue ich, Lady Mortimer.«

Und sie grinste. »Ist angekommen. Jetzt lass uns Syds Freund suchen.«

Sie machten sich auf den Weg über den Marktplatz und die High Street hinauf, vorbei an einer Reihe von Geschäften und zu dem schmalen Weg, an dessen Ende sich die Schmiede befand.

7. Ehemalige Freunde

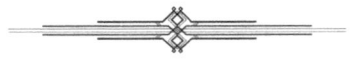

Lange bevor sie das Ende der Hill Lane erreicht hatten, hörte Kat das Hämmern aus der Schmiede und roch den scharfen metallischen Rauch.

»Eines ändert sich nicht, nirgends auf der Welt«, sagte sie mit Blick zu Harry, der neben ihr ging.

»Pferde brauchen immer noch Hufeisen, meinst du? So viel zu den modernen Zeiten.«

Sie öffneten die Pforte zum Hof. Kat sah alte Wagenräder, einige Teile von Landwirtschaftsmaschinen, einen großen Kohlehaufen, aufgestapeltes Werkzeug und ein Paar Zugpferde, die an ein Geländer gebunden waren und vermutlich darauf warteten, neu beschlagen zu werden.

Die Tür zur Schmiede stand offen, und drinnen nahm Kat sich bewegende Gestalten und im Licht des Feuers flackernde Schatten wahr, während die Hammerschläge hallten. Sie trat auf die Tür zur, Harry dicht hinter ihr. Als sie hineinschaute, blies ihr eine intensive Hitze aus dem kleinen Schuppen entgegen.

Zwei Männer mit freiem Oberkörper arbeiteten gemeinsam über einem Amboss: Ein rot glühendes, rauchendes Eisen, das sie mit Greifzangen bewegten, zischelte zwischen ihnen. Der Jüngere – dunkelhaarig und schweißüberströmt – hielt das Eisen still, und der andere – in den Fünfzigern, kahlköpfig und wie ein Stier gebaut – hieb mit einer Art Hammer und Meißel Löcher in das Metall.

Keiner von ihnen blickte auf, obgleich sie Kat und Harry zu bemerken schienen.

Harry sah Kat an und erhob die Stimme über das Metallscheppern und das Fauchen des Ofens hinweg. »Dürfen wir Sie kurz sprechen?«

Der ältere Mann, offensichtlich der Besitzer, sah immer noch nicht von dem glühend heißen Metall auf.

»Wir müssen diese Hufeisen fertig machen. Dann reden wir auf dem Hof«, rief er.

»Natürlich«, sagte Harry und nickte Kat zu. Sie folgte ihm zurück nach draußen in die frische Sommerluft.

Zehn Minuten später sah Harry die beiden Männer herauskommen. Sie hatten die fertigen Hufeisen bei sich und hängten sie an Nägeln neben den Pferden auf.

Der Jüngere tauchte seine Hände in einen großen Wassertrog und wusch sich das Gesicht, während der Schmied sich umdrehte und zu ihnen kam.

»Mr Todd?«, fragte Harry.

»Ja, der bin ich.«

»Harry Mortimer.«

»Ich weiß, wer Sie sind«, sagte Todd, der sich die Hände an einem Lappen abwischte. »Ich habe schon Pferde für Ihre Familie beschlagen, als Sie noch ein kleiner Junge waren.«

In dem Moment schien Todd, der sich so hart gab wie das heiße Metall, mit dem er arbeitete, zu stocken.

Dieser Mann hat meine Eltern gekannt. Und deshalb bin ich für ihn jetzt gerade nicht irgendein Landadliger, der ihn bei der Arbeit stört.

»Was kann ich für Sie tun?«

Harry lächelte. »Leider bringen wir Ihnen keine Arbeit.«

Der Schmied sah ihn für eine Sekunde nachdenklich an. »Nicht? Nichts für Ihre Tante?«

»Leider nicht. Aber meine Frau und ich würden gern mit Ihrem Sohn Chaz reden, falls Sie gestatten.«

»Das entscheidet er selbst. Fragen Sie ihn«, sagte Todd und rief nach seinem Sohn. »Chaz!«

Harry beobachtete, wie sich der junge Mann ein grobes Hemd überzog und zu ihnen kam.

»Er hat doch keine Schwierigkeiten, oder?«, fragte Todd, als Chaz bei ihm war.

»Nein, überhaupt nicht«, antwortete Harry. »Ich dachte, dass Chaz uns vielleicht bei der Sache mit Syd Buckman helfen kann.«

»Wir helfen Syds Familie«, ergänzte Kat.

»Wohltäter, hm?«, fragte Todd, spuckte auf den Boden und wandte sich an Chaz: »Fünf Minuten. Dann müssen wir mit der Stute anfangen.«

Chaz nickte brav, und Harry sah dem alten Schmid nach, der in die Werkstatt zurückkehrte.

»Kein Grund zur Sorge, Chaz. Wir haben nur ein paar Fragen«, sagte Harry und lächelte dem Jungen zu.

Chaz holte Tabak und Papier aus seiner Tasche, drehte sich binnen Sekunden eine Zigarette und zündete sie an. »Wie mein Dad schon gesagt hat, fünf Minuten.«

Dann ging er zu einem Holzstapel, setzte sich und wartete, dass sich Kat und Harry zu ihm gesellten.

Kat sah, dass Harry ihr kaum merklich zunickte. Sie wusste, was das bedeutete: *Du fängst an.*

Sie lächelte Chaz an. »Wir haben gehört, dass Sie gut mit Syd befreundet waren.«

Chaz zuckte mit den Schultern. »War halt ein Kumpel.«

»Kannten Sie ihn lange?«, fragte Kat.

»Was glauben Sie denn? Wir sind im selben Dorf aufgewachsen, nicht wahr?«

»Also waren Sie richtig gut befreundet?«

»Kann sein.« Chaz lachte. »Wir haben zusammen getrunken.«

»Sie waren enge Freunde, wie wir gehört haben«, sagte Harry.

Chaz' Grinsen schwand. »War vielleicht früher mal so.«

Kat beobachtete ihn aufmerksam. *Hier ist etwas. Irgendwas macht Chaz zu schaffen. Und wir haben nur fünf Minuten, um es herauszufinden.*

»Aber in letzter Zeit nicht mehr?«

Chaz zuckte mit den Schultern.

»Hatten Sie sich zerstritten?«, fragte sie.

»Syd … der war mit anderen Sachen beschäftigt.«

»Was für Sachen?«, fragte Harry.

»Weiß nicht. Ist schon ein paar Monate her.«

»War das irgendwann im Juni?«, fragte Kat.

»Ungefähr, ja.«

Interessant, dachte Kat, die kurz zu Harry sah. *Es wird Zeit, zum Punkt zu kommen.*

»Mrs Buckman hat gesagt … er schien ein bisschen Geld verdient zu haben«, meinte sie.

»Kann sein«, antwortete Chaz. »Wie gesagt … weiß ich nicht.«

»Und das war nicht ganz legal verdient?«

»Hören Sie, ich habe keine Ahnung, was Sie beide wollen, aber ich weiß nichts davon.«

Jetzt war es Zeit für den großen Wurf.

»Waren Sie nie mit ihm wildern?«

Kat beobachtete, wie Chaz einen letzten Zug von seiner Zigarette nahm, das Ende abkniff und den Rest in seine Brusttasche steckte.

»Verdammter Mist! Was sollen denn diese Fragen? Helfen Sie der Polizei?«

»Nein«, antwortete Kat.

»Nur dass Sie es wissen, ich halte mich aus Schwierigkeiten raus, ehrlich. Mir geht es gut hier bei meinem Dad. Ich habe eine Arbeit. Eine *anständige* Arbeit.«

»Natürlich«, sagte Harry.

»Machen Sie sich keine Sorgen, Chaz«, beteuerte Kat. »Vertrauen Sie uns. Nichts von dem, was Sie uns erzählen, wird Sie in Schwierigkeiten bringen.«

»Das ist gut, denn ich habe *nichts* getan, klar?«, sagte Chaz, der sich nach der Schmiede und seinem arbeitenden Vater umblickte, bevor er wieder sie ansah.

»Gewiss doch«, antwortete Kat. »Wir versuchen nur zu ergründen, was mit Syd passiert ist.«

»Die letzten zwei Monate …«, begann Harry. »Als Syd Geld hatte … Ich nehme an, dass er viel unterwegs war und getrunken hat, oder?«

»Und wie! Er hat mehr getrunken, als ich mir leisten konnte, so viel steht fest. Hat Runden ausgegeben und so. Nicht bloß hier im Dorf. An manchen Abenden ist er runter nach Portsmouth. Auch nach Brighton. Hat sich richtig amüsiert.«

»Und er hatte neue Freunde, nicht wahr?«, fragte Harry.

»Davon weiß ich nichts. Wie gesagt, ich habe ihn ja kaum noch gesehen.«

»War er viel unterwegs?«, fragte Kat. »Wir haben gehört, dass er im Juni eine Nacht weg war. Erinnern Sie sich daran?«

Er zuckte mit den Schultern. »Kann sein. Ja, irgendwas war da.«

»Aber Sie wissen nicht, wo er war?«

»Hat er nicht gesagt.« Chaz schien mit jeder Frage verärgerter zu werden, wie Kat bemerkte. »Und ich habe ihn nicht gefragt!«

»Aber anscheinend kam er mit Geld zurück«, sagte Harry. »Und fing an, es auszugeben?«

Chaz überlegte kurz. »Nicht gleich. Aber … bald danach.«

Kat sah zu Harry, und der nickte. *Frag weiter!*

»Es muss ein Schock für Sie gewesen sein, zu erfahren, dass er tot ist«, sagte Kat.

»Natürlich.«

»Waren Sie überrascht?«

»Er hat doch gewusst, dass es verflucht gefährlich war!«

»Was? Das Wildern?«, fragte Kat.

»*Nicht* das Wildern«, erwiderte Chaz und zupfte sich einen Tabakkrümel von der Lippe. »Es war nicht das ›Wildern‹, was ihn umgebracht hat. Mitten in der Nacht in Shreeves Wald zu gehen, *das* hat ihn umgebracht.«

Kat war unsicher, was Chaz meinte.

»Ist der Wald gefährlich?«, fragte Harry. »Inwiefern?«

»Moment mal. Heißt das, Sie zwei wissen nicht, was Shreeve getan hat?«

»Wir würden es gern von Ihnen hören«, sagte Harry rasch und blickte kurz zu Kat. Diese Entwicklung hatten sie nicht vorausgesehen.

»Na, Shreeve hatte diesen Riesenkrach mit Syd – vor einigen Wochen an einem Samstag. Am Markttag. Da hat er ihn rumgeschubst und sogar gesagt, er würde ihn auspeitschen, wenn er ihn noch einmal auf seinem Land sieht.«

»Augenblick. Shreeve hat gewusst, dass Syd bei ihm wilderte?«, fragte Kat.

»Chaz!«, ertönte es aus der Schmiede.

Als Kat sich umdrehte, sah sie Mr Todd herauskommen. *Fünf Minuten sind schnell vorbei.*

Chaz stand auf und nahm einiges Werkzeug neben dem Holzstapel an sich.

Und jetzt ist sein spöttisches Grinsen wieder da.

»Es war nicht bloß Shreeves Wild, an dem Syd sich vergriffen hat«, sagte Chaz kopfschüttelnd. »Auch seine kostbare Tochter Melissa …?«

»Wie bitte?«, fragte Harry.

Kat sah Chaz grinsen. »Also, wenn Sie wissen wollen, was mit Syd passiert ist, fragen Sie diesen Mistkerl Shreeve.«

Mit diesen Worten nickte er ihnen zu und ging zu seinem Vater, der bei den Pferden wartete.

8. Ein Familienmensch

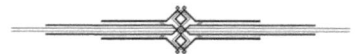

Harry schob das große alte Motorrad vor das Dower House und wartete auf Kat. Sie wollten zum Shreeve-Anwesen, um mit Fred Nailor zu reden. Und vielleicht eine Minute mit Arthur Shreeve persönlich.

Oder sogar Shreeves Tochter Melissa.

Falls Chaz das nicht bloß erfunden hat. Er könnte ihnen einfach etwas vorgeflunkert haben.

Die Haustür ging auf, und Kat erschien. Sie hatte ihr gepunktetes Kleid gegen einen Arbeitsanzug und kurze Stiefel eingetauscht.

»Na, du siehst bereit aus für eine Motorradfahrt«, sagte Harry, als sie auf ihn zukam.

»Ähm, wer fährt?«, fragte sie, während er ihr einen Helm und eine Schutzbrille reichte.

Harry stockte. *War das ein Scherz? Immerhin war es sein Motorrad und … und …*

Doch sie setzte fachmännisch Brille und Helm auf, als hätte sie es schon tausendmal gemacht.

Die Frage nach dem Fahrer war eindeutig offen.

»Und ich dachte, ich könnte dir endlich mal etwas beibringen«, sagte er. »Wie naiv von mir.«

»Tut mir leid, Harry. Aber falls es dir ein Trost ist: Ich weiß rein gar nichts übers Segeln.«

»Gott sei Dank! Vielleicht sollten wir uns ein Boot kaufen, hm? Und es auf dem Fluss liegen haben!«

»Wie nett. Du kannst es mir beibringen, und dann packen wir einen Picknickkorb und segeln bis zum Meer.«

»Warum nicht weiter? Übers Wochenende nach Frankreich! Vorausgesetzt, die Tide im Kanal spielt mit.«

»Oh ja. Ein romantisches Hotel *sur la plage!*«

»*Exactement.* Irgendwie möchte ich das jetzt gleich machen.« Für einen Moment hielt er ihren Blick und verlor sich in diesem recht köstlichen Tagtraum. »Tja, fürs Erste darf ich vielleicht vorschlagen – wenigstens bis die Leute dich etwas besser kennen und du diese Straßen –, dass ich dieses eine Mal fahre?«

»Selbstverständlich. Ich weiß, wie empfindlich das männliche Ego in derlei Dingen ist. Und du hast das Motorrad ja wieder flottgemacht.«

»Ah«, entgegnete er grinsend, »es ist eigentlich nicht mein Ego, das ich hier schützen möchte, sondern es sind die Einheimischen. Da ich mir denke, dass du ein Motorrad genauso fährst wie ein Auto, dürftest du ihnen eine Heidenangst einjagen.«

Er setzte sich aufs Motorrad und warf den Motor an. Ein tiefes Brummen ertönte. Hinter ihm stieg Kat auf den kleinen Beifahrersitz, schlang die Arme um Harry und lehnte sich dicht an ihn.

»Los geht's«, sagte sie. Ihre Lippen waren an seinem Ohr. »Und geize nicht mit den Pferdestärken!«

Er legte den Gang ein, gab Gas, und sie brausten die Einfahrt hinunter.

»Schneller!«, rief Kat, deren Arme Harry fest umfingen.

Sie sausten über die Downs, und in der Ferne glitzerte das Meer am blauen Horizont.

Fünf Meilen außerhalb von Mydworth wurde die

Straße gerade – von den Römern angelegt, vermutete Kat –, und sie konnte an der Tachoanzeige sehen, dass Harry siebzig Meilen die Stunde fuhr.

Plötzlich waren all ihre Ängste, dass die Heirat und der Umzug nach England endlose Teegesellschaften, Gärtnern, alte Damen und anstrengende Konversation in stickigen grauen Esszimmern bedeuteten, wie weggeblasen im Fahrtwind dieses fantastischen Motorrads.

Hier war sie mitten in einer Geschichte, die sich durchaus als Mordermittlung entpuppen könnte, und raste übers Land, um einen Verdächtigen zu treffen.

Ja, dies ist das Leben, das ich mir gewünscht habe – das ich schon immer führen wollte.

»Ein bisschen schneller?«, rief sie wieder und hielt sich fester an Harry, als er Gas gab und sie fühlte, wie das Motorrad beschleunigte, vorbei an Feldern und Hecken unter einem tiefblauen Himmel.

Auf der Kieszufahrt zum Shreeve-Anwesen kam das Haus in Sicht, und Harry begriff, wie vermögend Shreeve sein musste.

Bei seinem letzten Besuch hier nach dem Krieg hatte das Herrenhaus noch Lord und Lady Westland gehört und war kurz davor gewesen, in sich zusammenzufallen.

Jetzt, mit dem neuen Besitzer, blitzte es blendend weiß, hatte ein neues Dach, neue Ställe und Koppeln und seitlich vom Haus stand eine ganze Wagenflotte.

Sie ließen das Motorrad mit zehn Meilen die Stunde ausrollen und nahmen ihre Helme und Brillen ab.

»Wow, was für ein Bau«, sagte Kat. »Gehört dieser Shreeve auch zum hiesigen Landadel?«

»Ganz und gar nicht«, antwortete Harry. »Er ist Fabrikbesitzer und erst vor wenigen Jahren mit seiner Familie aus dem Midlands hergezogen.«

»Teuflische dunkle Webereien? Ein Vermögen auf Kosten der Massen gescheffelt?«

»Es kommt der Wahrheit recht nahe. Angeblich hatte er einen Betrieb, der Schnallen fertigte und bis 1914 eher unbedeutend war …«

»Ah, lass mich raten: Regierungsauftrag für den Krieg?«

»Genau. Hast du mal die Schnallen an einer britischen Uniform gezählt?«

»Und jede brachte ihm einen anständigen Gewinn ein, ohne Frage.«

»Anscheinend hat er Millionen gemacht. Danach hat er verkauft und ist hergezogen.«

»Ich muss wohl nicht fragen, wie du darüber denkst«, sagte Kat.

Nein, dachte Harry, der sich an die Schrecken der Westfront erinnerte. Nein, das musste sie nicht.

Als sie sich dem Haus näherten, sah Harry ein Schild mit der Aufschrift »Verwaltung«, das zur Seite des Hauses wies.

»Sieh mal«, sagte Kat. »Da oben in der Ecke.«

Harry blickte hinauf zu einem der Fenster. Dort stand eine Gestalt und schaute zu ihnen heraus.

Ein Mädchen in einem gelben Kleid, das im Sonnenschein leuchtete – eventuell auch eine junge Frau. Als Harry den Blick nach oben gerichtet hatte, war sie rasch in den Schatten zurückgetreten, als wollte sie nicht gesehen werden.

War das Melissa? Und, falls ja, könnte sie sich ernsthaft für Syd Buckman, den Wilderer, interessiert haben?

Er stellte den Motor aus, und Kat schwang sich elegant von ihrem Sitz. Harry klappte den Ständer aus und stieg ebenfalls ab.

»Eine schöne Fahrt, mein Gemahl«, sagte sie und klickte ihren Helm an das Motorrad.

Harry beobachtete, wie sie ihr offenes Haar aufdrehte, wobei sie eine Spange zwischen ihren Zähnen hielt und es zu einem ordentlichen Knoten fixierte.

»Gern geschehen«, sagte Harry. »Nächstes Mal fährst du, und ich darf dich festhalten.«

»Abgemacht.«

»Na schön, auf zu Fred Nailor.«

Und sie machten sich auf die Suche nach dem Verwalter.

Nailor war nicht schwer zu finden.

Als sie um das Herrenhaus herumgingen, sah Kat gleich vorn einen kleinen eingeschossigen Bau, vor dem ein Traktor stand. An dem lehnte Fred Nailor und unterhielt sich mit einer Frau, während ein kleines Mädchen zu ihren Füßen spielte.

Das Paar blickte auf, als Kat und Harry sich ihnen näherten.

»Sir Harry, Lady Mortimer«, sagte Nailor. Sanft legte er eine Hand auf den Arm der Frau und zog sie ein Stück vor. »Meine Frau Rosie, und die Kleine ist unsere Agnes.«

Kat sah, dass die Frau schüchtern und unsicher war, wie sie die beiden begrüßen sollte; das kleine Mädchen war kühner.

»Hallo«, sagte sie und linste hinter den Beinen ihrer Mutter vor.

»Hallo, du«, sagte Kat und schüttelte die Hand der Kleinen. »Freut mich sehr, dich kennenzulernen.« Sie hockte sich hin. »Du bist also Agnes. Was für ein hübscher Name!«

»Aggie«, erwiderte das Mädchen strahlend.

»Und ich bin Kat.«

Sie richtete sich wieder auf und sah Rosie an. »Was für eine bezaubernde Kleine.«

»Und ein wahrer Satansbraten«, sagte Fred lachend. Dann wandte er sich an seine Frau. »Ich muss wieder an die Arbeit. Wir sehen uns nachher zu Hause.«

»Komm nicht zu spät«, bat Rosie.

»Ich versuche es«, antwortete Fred, hob Agnes hoch und wirbelte sie einmal herum, bevor er sie an ihre Mum übergab.

Kat schaute Mutter und Tochter hinterher, die vom Haus in Richtung Wald gingen. Dann sah sie wieder zu Fred.

»Haben sie es weit?«, fragte sie.

»Ach, nur rund eine halbe Meile«, antwortete Fred. »Wir wohnen im alten Wildhüter-Cottage hinter dem Hügel da.«

Nun wurde er ernster. »Dann unterhalten wir uns, ja?«

Und er wies sie beide zum Büro.

»Nehmen Sie sich Milch und Zucker«, sagte Fred Nailor, der Kat einen verbeulten alten Zinnbecher reichte und auf zwei Stühle vor seinem Schreibtisch zeigte, bevor er auf seinem eigenen Stuhl Platz nahm.

Kat setzte sich und blickte sich um, solange sie wartete, dass Harry kam.

An den Wänden hingen Bücherregale und gerahmte Drucke, ein kleiner Ofen stand in der Ecke, daneben waren Aktenschränke, und Papierstapel lagen in Ablagefächern.

Auf dem Schreibtisch stand ein Foto von Fred und seiner Frau, die Agnes als Baby in den Armen hielt.

Obwohl das Büro praktisch eingerichtet war, wirkte es freundlicher, als Kat erwartet hätte. Nailor selbst saß geduldig da, während Harry sich seine üblichen drei Teelöffel Zucker in den Tee rührte.

»Also«, sagte er und sah erst Harry, dann Kat an. »Sie möchten herausfinden, wie Syd gestorben ist? Habe ich das richtig verstanden?«

Kat beschloss, den Anfang zu machen. »Seine Mutter glaubt nicht, dass er auf seine Waffe gestürzt sein kann«, antwortete sie. »Anscheinend war er stets sehr vorsichtig im Umgang mit Waffen, gut ausgebildet und so.«

Nailor nickte, dann zuckte er mit den Schultern. »Natürlich, das verstehe ich. Solche Unfälle kommen einem immer so … ich weiß nicht … unmöglich vor? Ist das der richtige Ausdruck?«

Kat bejahte stumm.

»Aber dies ist nicht der erste tödliche Unfall, mit dem ich es zu tun gehabt habe. Und sicher wird es auch nicht der letzte gewesen sein. Bei so gut wie allen galt das Opfer als jemand, der sich mit seinem Gewehr auskannte.«

»Gewohnheit macht nachlässig …«, sagte Harry. »Die Leute werden unvorsichtig, meinen Sie? Ja, das habe ich auch schon erlebt …«

»Genau. Und vergessen wir nicht, dass jemand, der im Ruf steht, sich gut auszukennen, ihn genießt, weil er vermutlich immerzu mit Waffen hantiert.«

»Ach, demnach ist es nur eine Frage der Zeit? Weil es zu viele Gelegenheiten gibt, einen Fehler zu machen?«, fragte Kat.

»Richtig. Es ist reine Wahrscheinlichkeitsrechnung, verstehen Sie?«, sagte Nailor. »Sie verbringen Tausende Stunden mit einer Waffe in der Hand – und einen Fehler, einen tödlichen Fehler zu machen, dauert nur eine Sekunde.«

Kat sah Harry an. Nailors Logik leuchtete ihr ein.

»Wie ich hörte, haben Sie die Leiche gefunden?«, fragte Harry.

»Ja, habe ich.«

»So etwas ist nie leicht zu verkraften«, sagte Harry.

»Nein.«

»Aber – Sie sagen, dass Sie solche Unfälle schon häufiger erlebt haben«, meinte Harry. »Darf ich fragen, ob etwas an diesem anders schien? Anders aussah?«

Kat sah, wie Nailor nachdachte. Dann schüttelte er den Kopf.

»Was war mit der Wunde?«, fragte Kat.

Für einen Augenblick wirkte er verwirrt, eventuell unsicher, wie er es erklären sollte.

Oder besorgt, weil eine Frau anwesend war.

Kat ergänzte eilig: »Mr Nailor, ich habe ein Jahr in einem Krankenhaus in Amiens gearbeitet, das war 1918.«

»Ah, ja, Verzeihung. Da haben Sie alles gesehen, hm? Na gut, also es war ein Schuss aus nächster Nähe, ohne Zweifel.«

»Gab es noch weitere Verletzungen?«

»Eine üble Schürfwunde im Gesicht des armen Jungen, und da war Blut auf der Erde, wo er gestürzt ist, deshalb nehme ich an, dass er auf einem Stein gelandet ist.«

»Und es gab nichts, was an einem tragischen Unfall zweifeln ließ?«

»Überhaupt nichts.«

Kat sah zu Harry. *Zeit, die Taktik zu ändern.*

»Haben Sie Syd gekannt?«, fragte Harry, der Kats stummen Hinweis verstand.

»Ihn *gekannt?*« Die Frage wunderte Nailor offenbar. »Ich hatte natürlich von ihm gehört. In den Downs dürfte es kaum einen Verwalter oder Wildhüter geben, der nichts von Syd Buckman weiß. Und von seinem Vater.«

»Dann dürften viele Leute froh sein, dass er ihnen keinen Ärger mehr bereitet?«

»Kann sein … Aber das ist ein bisschen unfair, Sir

Harry«, sagte Nailor. »Keiner wünscht sich, dass ein junger Bursche so zu Tode kommt. Doch sicher werden auch nicht allzu viele Tränen vergossen.«

»Haben Sie gewusst, dass er hier auf dem Anwesen wilderte?«

»Na ja, ich wusste, dass es *jemand* tut. Diesen Sommer haben wir schon zehn Hirsche verloren.«

»Das ist eine Menge.«

»Kann man so sagen.«

»Mehr als sonst?«

Nailor stockte. »Viel mehr. Den Rest des Jahres waren es insgesamt zwei, und dann auf einmal zehn.«

Harry entging die zeitliche Übereinstimmung nicht. *Syd, der sich seltsam verhält, reichlich Geld hat ... Die Wilderei, die außer Kontrolle gerät ...*

Fraglos hing das alles zusammen. Nur wie?

»Also handelte es sich um eine neue Entwicklung, die sich erst über die letzten paar Monate abzeichnete?«

»Oh ja«, antwortete Nailor. »Und raten Sie mal, wer die Schuld dafür bekam? Ja, stimmt genau – ich.«

»Mr Shreeve war wütend auf *Sie?*«

»Und ob. Allerdings nicht nur auf mich. Er hat allen, die auf dem Anwesen angestellt sind, den Marsch geblasen. Wir mussten länger arbeiten, mehr Wachgänge durch den Wald machen. Er hat sogar zusätzliche Hilfe aus Arundel angeheuert, um die Nordgrenze zu bewachen. Und an manchen Abenden ist er selbst rausgegangen.«

Das ist interessant. Shreeve wollte selbst Patrouille gehen?

Er warf Kat einen Blick zu und fuhr fort. »Ein harter Job«, sagte er. »Das Anwesen muss ... zweitausend Morgen groß sein?«

»Eher knapp vier.«

»Und in der Nacht, in der Syd starb, waren Sie da draußen?«

»Ja, waren wir alle.«

»Im Wald?«

»Leider nicht. Wir waren nördlich vom Haus – ein paar Meilen weit weg. Dort sammelten sich immer die großen Herden, wie zum Wildern bestellt. Aber wir haben den Schuss gehört.«

»Zur rechten Zeit am falschen Ort?«

»Genau.«

»Aber, Mr Nailor«, sagte Kat, »all diese zusätzlichen Wachen müssen Mr Shreeve doch mehr kosten, als er für einige wenige Hirsche bekommt. Kann er sich den Verlust denn nicht leisten?«

Erstmals reagierte Nailor verärgert.

»Sich *leisten?* Es geht nicht darum, ob er sich den Verlust leisten kann, sondern ums Prinzip. Wildern ist Diebstahl! Ein dreister Raub!«

»Tut mir leid«, sagte Kat. »Ich wollte nicht entschuldigen, was geschehen ist, sondern möchte nur herausfinden, wie die Leute empfunden haben. Und anscheinend kochen die Gefühle recht hoch.«

»Ja, und wie sie das tun.« Er verstummte kurz. »Aber ich muss mich entschuldigen, dass ich laut geworden bin. Unverzeihlich.«

»Nein, bitte machen Sie sich deshalb keine Gedanken«, entgegnete Kat. »Ich verstehe das vollkommen.«

»Es ist nur so, dass ich wegen dieser Geschichte unter enormem Druck stehe. Oft muss ich länger arbeiten – auch schon mal die Nacht durch. Und Mr Shreeve, nun …«

Weiter kam er nicht, denn von draußen ertönte ein lautes Rufen.

»Nailor! Nailor, was zum Teufel ist hier los?«

Harry sah, wie Fred für eine Sekunde die Augen zukniff, als müsste er sein Temperament zügeln.

»Verzeihen Sie«, sagte er und stand auf. »Ich gehe lieber. Das ist Mr Shreeve.«

Rasch drängte er sich an den beiden vorbei nach draußen.

Harry sah Kat an. Worte waren überflüssig.

Beide erhoben sich und folgten Fred Nailor.

9. Auf in den Wald

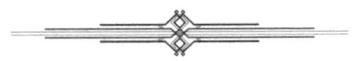

Draußen sah Kat Nailor um die Ecke zur Vorderseite des Hauses verschwinden. Mit Harry an ihrer Seite lief sie ihm nach.

Vorn erblickte sie den Mann, bei dem es sich um Arthur Shreeve handeln musste, neben Harrys Motorrad.

Vierschrötig, fast kahlköpfig und trotz der warmen Witterung im Tweedanzug, stand er mit verschränkten Armen vor Harrys Motorrad und wartete, während Fred Nailor auf ihn zulief.

»Was zur Hölle macht dieser *Schrotthaufen* hier?«

Hierauf sah Kat zu Harry.

Hatte ihr Mann bei dem Wort »Schrotthaufen« eben die Augen verengt?

»Entschuldigen Sie, Sir«, antwortete Fred. »Es ist nur …«

»Lieferungen, Telegramme … wie oft habe ich es Ihnen schon gesagt? Was oder wer es auch ist, die sollen zum Dienstboteneingang fahren und nicht hier vor meinem verdammten Haus parken!«

Kat bemerkte, dass er nun zu ihnen blickte.

»Wer zur Hölle sind *Sie?*«

Kat setzte ihr nettestes Lächeln auf und trat vor. Ihr

war bewusst, dass ihr Overall und ihre leicht windzerzauste Erscheinung dieses Zusammentreffen nicht erleichtern würden.

»Mr Shreeve?«, fragte sie und streckte ihm die Hand hin. »Kat Reilly.«

»Wer?« Shreeves Wort wirbelte einer Waffe gleich durch die Luft.

Kat lächelte weiter und bot ihm auch weiterhin ihre Hand an.

»Das mit dem Motorrad tut mir *so* leid. Was haben wir uns nur dabei gedacht, es hier stehen zu lassen, wo das Öl auf Ihre hübsche Einfahrt tropft. Harry?« Sie wandte sich zu Harry, der inzwischen neben ihr stand. »Wir müssen wirklich darauf achten, wo wir parken, meinst du nicht?«

»Du hast vollkommen recht, meine Liebe.« Harry spielte mit und ging auf das Motorrad zu, als wollte er es wegschieben. »Ich stelle es gleich jetzt um.«

Kat blickte wieder zu Shreeve, dem es offensichtlich die Sprache verschlagen hatte. »Was müssen Sie jetzt von uns denken?«

»Sir Harry, gewiss ist das nicht nötig«, unterbrach Nailor, um seinem Chef die Peinlichkeit zu ersparen.

»*Sir* Harry …?«, fragte Shreeve.

Kat musste zugeben, dass es ein wunderbarer Moment war. Shreeve war wie versteinert – und das inmitten seiner Tirade.

Harry winkte ab. »Zwei Sekündchen. Ich schaffe nur diesen … ähm … *Schrotthaufen* aus dem Weg, Mr Shreeve.«

»W-warten Sie«, stammelte Shreeve, und Kat sah ihm an, dass er langsam begriff. »Sir Harry Mortimer? Lady Mortimer? Aus Mydworth? Oh Gott, verzeihen Sie! Das war mir nicht klar. Es ist doch nicht nötig … Bitte, lassen Sie es stehen. Es ist nur so, dass wir gewöhnlich keine Gäste haben, die mit dem …«

»Motorrad kommen?«, half Kat ihm aus. »Ein wenig unkonventionell, ich weiß, aber was für eine herrliche Form der Fortbewegung an einem Sommernachmittag.«

»Ja, ja, gewiss doch«, sagte Shreeve, der auf einmal sehr breit lächelte. »Dennoch muss ich mich entschuldigen. Ich hatte keine Ahnung, dass Sie mich besuchen wollten.«

»Eigentlich sind sie hier, um *mich* zu sehen, Sir«, erklärte Nailor. »Die Herrschaften hatten einige Fragen zu dem Jungen, der gestorben ist. Dem Wilderer.«

»Fragen?«, wiederholte Shreeve und wandte sich zu Harry um, als wäre Kat nicht mehr wichtig.

»Wir helfen Syd Buckmans Eltern, zu ergründen, was genau mit ihrem Sohn geschehen ist, Mr Shreeve«, sagte Kat unverdrossen. »Wie er gestorben ist und wo.«

»Er ist in meinem Wald gestorben, mit einem meiner Hirsche tot neben sich«, antwortete Shreeve eisig.

Dann bemerkte Kat, dass er hinüber zum Haus sah. Sie folgte seinem Blick. Das Mädchen in dem gelben Kleid saß nun auf einer Bank neben der Haustür, den Kopf in ein Buch versenkt.

Aber durchaus in Hörweite.

Ihre Erscheinung schien eine beruhigende Wirkung auf den aufbrausenden Shreeve zu haben.

»Wir hatten eigentlich gehofft, dass Mr Nailor uns die Stelle zeigen könnte, an der Syd gestorben ist, Mr Shreeve«, sagte Harry. »Mit Ihrer Erlaubnis versteht sich.«

Shreeve drehte sich wieder zu Kat um. »Sie helfen den Eltern, ja? Verstehe. Nun, ich nehme an, da Sie gefragt haben und da *Sie* es sind, Lady Mortimer, sollte ich mich Ihnen nicht in den Weg stellen. Im Gegenteil! Nailor, wir nehmen den Wagen und fahren alle zusammen hin!«

Kat und Harry wechselten einen Blick, und sie nickte kaum merklich zu dem Mädchen vor dem Haus.

Melissa. Dies ist meine Chance, mit ihr zu sprechen.

Sie hoffte, dass Harry ihr ansah, was sie dachte.

»Das ist furchtbar nett von Ihnen, Mr Shreeve«, sagte Harry. »Aber ich denke, nur wir drei. Meine Frau möchte vermutlich ungern im Wald umherstaksen. Stimmt es nicht, Katherine?«

Kat verkniff sich ihr Grinsen. *Sehr hübsch formuliert. Dabei weiß er nur zu gut, dass ich in puncto Staksen mit allen mithalten kann!*

»Oh nein, ganz sicher nicht«, sagte sie, wobei sie *ganz* wie eine scheue Ehefrau betonte und mit den Wimpern klimperte. »An solch einem schönen Tag? Ich kann mir nichts *Schrecklicheres* vorstellen.«

Shreeve nickte zu dem Mädchen beim Haus. »Hervorragend. Meine Tochter wird sich Ihrer annehmen. Möchten Sie vielleicht etwas Tee und Gebäck?«

Ehe sie antworten konnte, rief er: »Melissa!«

Perfekt, dachte Kat, als das Mädchen von ihrem Buch aufblickte und zu ihrem Vater sah.

»Pfff«, machte er. »Ist ihr wohl zu viel, herzukommen und Guten Tag zu sagen. Ich fürchte, Sie müssen zu ihr gehen.«

»Keine Sorge, Mr Shreeve. Ich war selbst mal ein junges Mädchen. Ein schwieriges Alter, hm?«

»Gott, und wie! Jedenfalls, Sir Harry, Nailor, je schneller wir das hinter uns haben, desto eher können wir wieder hier sein. Dann darf ich Ihnen vielleicht eine angemessene Erfrischung anbieten?«

»Klingt wunderbar«, sagte Harry.

Dann sah er zu Kat. Es war offensichtlich, dass Harry sich sehr amüsierte. »Plaudere du hier schön, Kat, und … ähm … ich sehe dich später. Kommst du hier zurecht?«

»Oh, ich denke schon, Schatz. Und sei vorsichtig im Wald, ja?«

»Werde ich sein.«

Sie blickte ihm nach, als er hinter Shreeve und Nailor her zu der Reihe von Fahrzeugen ging, die seitlich des Hauses parkten.

Und als sie fort waren … drehte Kat sich um und ging auf Melissa Shreeve zu.

Nun ergründe ich mal, was wirklich zwischen diesem Mädchen und Syd Buckman stattgefunden hat.

Harry ging hinter Shreeve und Nailor her den Pfad im Wald entlang. Obwohl es noch einige Stunden bis Sonnenuntergang waren, sorgten die dichten Eichen und Birken dafür, dass kaum Licht bis ins Unterholz drang.

Alle schwiegen. *Nicht verwunderlich, wenn man bedenkt, warum wir hier sind.*

Nach zehn Minuten erreichten sie eine Lichtung, und Nailor blieb stehen. »Hier hat Buckman den jungen Bock erlegt«, sagte er und zeigte zu einer Stelle, an der das Unterholz platt gedrückt war. »Und vergraben, was er nicht tragen wollte.«

Harry holte ihn ein, blickte auf den Boden und dann zur Lichtung. »Hat er dort drüben irgendwo auf der Lauer gelegen?«, fragte er.

»So ein Lump«, sagte Shreeve.

Harry sah Nailor an – und sagte nichts. »Wie weit ist es von hier zur Straße?«, wollte er dann wissen.

»Eine halbe Meile«, antwortete Nailor.

Harry nickte, und Nailor ging voran. Nun folgte Shreeve ihm.

»Was lesen Sie?«, fragte Kat, die sich neben Melissa auf die Bank gesetzt hatte.

Das Mädchen hob das Buch hoch, sodass Kat den Titel lesen konnte: *Zum Leuchtturm.*

Dann legte sie es wieder hin, als würde der Titel Kat ohnedies nichts sagen.

»Wirklich? Das war früher mein Lieblingsbuch von Virginia Woolf«, sagte Kat, die zu den Wiesen und den fernen Bäumen schaute, sich aber sehr wohl Melissas Aufmerksamkeit bewusst war.

»*War?*«

»Ja, bis ich *Orlando* gelesen habe. Kennen Sie den Roman?«

»Nein, bisher nicht. Ähm, ich weiß nicht recht, ob mein Vater einverstanden wäre … mit solch einem Buch. Er kann sehr altmodisch sein.«

»Ich leihe es Ihnen. Es ist witzig. Und meiner Meinung nach überhaupt nicht … gefährlich. Nun ja, zumindest nicht gefährlicher als andere Bücher dieser Autorin.«

Melissa lachte, und Kat lächelte ihr zu. Auf einmal mochte sie diese junge Frau mit ihrem Buch.

Melissa war eventuell älter, als sie aussah. Siebzehn? Hübsch, aber auch ein bisschen stämmig. Sie strahlte eine gewisse Entschlossenheit aus. *Erkenne ich da einen Hauch von Ähnlichkeit mit ihrem Vater?*

»Ich mag es gefährlich«, sagte Melissa.

»Ah, da sind wir uns ähnlich. Ich auch!«

»Dieses Motorrad …«, sagte Melissa und legte ihr Buch beiseite.

»Gefällt es Ihnen?«, fragte Kat.

»Ich hätte zu gern auch so eins oder würde zumindest gern mal eins fahren.«

Kat zuckte mit den Schultern. »Tja, worauf warten wir?«

»Sie scherzen«, sagte Melissa und riss die Augen weit auf. »Können Sie es fahren?«

»Ob ich es fahren kann?« Kat stand auf. »Oh ja, das kann ich.«

Sie ging hinüber zu Harrys Motorrad, griff sich die beiden Helme und drehte sich zu Melissa um, die mit offenem Mund auf sie zukam.

Kat warf ihr einen der Helme zu, stieg auf das Motorrad, öffnete die Benzinzufuhr und hielt die Kupplung fest, bevor sie den Motor anließ, der herrlich pulsierend losbrummte.

»Kommen Sie«, sagte Kat und drehte an der Gaszufuhr. »Setzen Sie sich drauf, halten Sie sich gut an mir fest, und lehnen Sie sich zur Seite, wenn ich es sage.«

Sie wartete, bis Melissa ihren Helm aufgesetzt hatte und hinter sie geklettert war. Ihr gelbes Kleid rutschte sehr weit nach oben.

»Vertrauen Sie mir?«, fragte Kat.

»Ohne Vorbehalt.«

»Dann fahren wir mal.«

Sie ließ die Kupplung los, drehte wieder an der Gaszufuhr und lenkte das Motorrad in einem Bogen über den festen Kies die Einfahrt hinunter in Richtung untergehender Sonne.

»Jaaaa!«, rief das Mädchen hinter ihr. »Jaaaa!«

»Sind Sie aus dieser Gegend, Fred?«, fragte Harry, als sie vorsichtig über den schmalen, von aufragenden Baumwurzeln geäderten Pfad zurückgingen.

»In Worcester geboren und aufgewachsen.«

»Wie lange sind Sie schon hier?«

»So sieben oder acht Jahre«, sagte Fred. »Ich bin hergezogen, habe Rosie kennengelernt und war kein Jahr später mit ihr verheiratet.«

»Er ist ein guter Mann, Sir Harry«, sagte Shreeve hinter ihnen. »Verlässlich … wenn ihn nicht gerade seine Familie von der Arbeit ablenkt.«

Harry entging nicht, dass Fred nichts sagte.

Wahrscheinlich ist er es gewohnt, in Gegenwart seines Chefs den Mund zu halten.

Doch ehe noch einer von ihnen mehr reden konnte, blieb Fred stehen.

»Da wären wir«, sagte er.

Und zeigte auf eine dichte Wand aus Unterholz und Gebüsch etwa zwanzig Meter vom Pfad entfernt. Harry folgte ihm. Er konnte erkennen, dass der Boden hier sehr uneben und ein wahres Geflecht aus aufragenden Baumwurzeln war.

Da konnte man im Dunkeln schon mal etwas übersehen und stolpern, dachte Harry.

Nailor hockte sich hin und berührte den Boden.

»Es war gegen zehn Uhr morgens, als ich ihn gefunden habe. Oder vielmehr einer meiner Hunde. Er lag auf dem Bauch nach Süden ausgerichtet – zur Mauer hin, die an der Straße nach Arundel verläuft. Das ist die Grenze des Anwesens. Wo er hinwollte, schätze ich.«

Harry schaute sich um und versuchte, die Szene in Gedanken nachzuspielen. Der Junge lief durch den Wald, den Hirschbock über der Schulter, das Gewehr in der Hand.

»Wenn er hier lag … Wo lag das Gewehr?«

»Unter dem Toten. Er war eindeutig schon seit mehreren Stunden tot.«

Harry nickte.

»Wie weit ist es zur Mauer?«

»Ähm, hundert Meter vielleicht – viel mehr nicht«, antwortete Fred.

Harry richtete sich auf, ging zum Pfad zurück und blickte sich nach der Lichtung um. Er konnte sehen, dass der Pfad weiter zwischen den Bäumen hindurchführte.

»Da hinten?«, fragte er.

»Ja, da«, sagte Fred. »Wir haben ein Teilstück an der Mauer entdeckt, das so verändert worden war, dass man leicht auf das Anwesen steigen konnte.«

Langsam ging Harry hinüber zu der Stelle, an der die Leiche gefunden wurde.

»Haben Sie genug gesehen?«, fragte Shreeve.

Harry nickte.

»Gut. Dann schlage ich vor, dass wir zurückfahren und uns im Haus einen Whisky gönnen.«

Harry sah, dass nun Shreeve vorausging und Fred ihm folgte, er selbst bildete die Nachhut.

Doch kurz bevor sie die Lichtung verließen, blieb er erneut stehen und stellte sich Syd vor, der im Dunkeln durch den Wald lief. Etwas daran ergab keinen Sinn.

Etwas stimmte nicht. Ganz und gar nicht.

Wenn die Straße beinahe in Sicht war, warum verließ Syd den Pfad und ging ins Unterholz?

Hätte er eine Verschnaufpause gebraucht, wäre er doch nicht dorthin gerannt. Und falls nicht … Was tat er dann? Man verließ den Pfad nur … wenn man sich verstecken musste.

Aber hier hatte sich niemand befunden. Die Wildhüter waren meilenweit weg gewesen.

Es sei denn … es war noch jemand in jener Nacht in dem Wald? Jemand, vor dem Syd sich verstecken wollte …

Und falls ja, wer?

10. Ein Mordmotiv?

Kat ging mit Melissa zurück zu der Bank. Die wilde Fahrt mit dem Motorrad hatte ihre Freundschaft besiegelt.

Und ehe ihr Vater zurückkam, hatte Kat Gelegenheit, der jungen Frau einige Fragen zu stellen.

Melissa sah sie an. »Möchten Sie irgendwas? Tee? Ein Glas Wasser? Ich kann Ihnen etwas bringen lassen.«

Kat lächelte. »Nein, vielen Dank. Eigentlich nicht, aber …«

Kat setzte sich, in der Hoffnung, dass die junge Melissa es ihr gleichtat.

»Ich habe mich gefragt, ob ich Ihnen einige Fragen stellen darf? Über den Jungen, der gestorben ist.«

»Syd«, sagte Melissa.

Kat nickte und sah, dass Melissa sich abwandte. Unwillkürlich fragte sie sich, ob all das Wohlwollen, das sie aufgebaut hatte, plötzlich verblasste.

»Mein Mann Harry und ich stellen Fragen, reden mit Leuten.« Kat holte tief Luft. »Um herauszubekommen, ob es wirklich ein Unfall war.«

Melissa sah sie nach wie vor nicht an. Und jetzt, da sie schon mal angefangen hatte, blieb Kat nichts anderes übrig, als weiterzumachen.

»Ich meine, er ist auf dem Land Ihres Vaters gestorben … Es könnte vermutlich ein Unfall gewesen sein … aber wir fragen uns …«

Langsam drehte sich das Mädchen zurück zu ihr. Das sonnige Lächeln war verschwunden, und was ihr jetziger Gesichtsausdruck bedeutete, konnte Kat nicht erkennen.

»Sie meinen, weil er beim Wildern gestorben ist, das Wild meines Vaters gestohlen hat …« Sie legte eine längere Pause ein und richtete ihre grünblauen Augen direkt auf Kat. »… dass mein Vater damit etwas zu tun hatte?«

»Das habe ich nicht behauptet.«

Hierauf schüttelte Melissa den Kopf. »Er hat Männer, die auf seinen Wildbestand aufpassen.« Wieder sah sie weg. »Ich würde lügen, wenn ich sagte, dass er Syd nichts Böses wollte. Nicht nachdem er erfahren hatte, dass Syd und ich … uns gut verstanden. Das wollen Sie doch eigentlich wissen, oder?«

»Ich musste Sie das fragen. Wir beschuldigen niemanden.«

Melissa schaute wieder Kat an. »Ach, tun Sie nicht?«

Kat beschloss, weiter Fragen zu stellen. »Standen Sie ihm sehr nahe, Melissa?«

»Ich habe ihn gemocht«, sagte die junge Frau und sah abermals weg. »Nichts Ernstes, falls Sie das meinen. Syd war bloß … *witzig*. Aber das war für meinen Vater nicht gut genug.«

»Verstehe. Und was ist mit Ihrer Mutter? Was hat sie …?«

»Oh, die ist tot. Sie ist gestorben, als ich noch sehr klein war.«

Kat nickte und verstand die junge Frau noch ein bisschen besser.

»Also gefiel Ihrem Vater nicht, dass Sie sich mit Syd trafen.«

»*Gefiel ihm nicht?* Er hat mir befohlen, mich von ihm fernzuhalten. Weiß der Himmel, was er zu ihm gesagt hätte, wäre er ihm jemals begegnet.« Melissa schüttelte den Kopf. »So ist mein Vater eben. Doch er hätte nie irgendwas getan.« Noch mehr Kopfschütteln erfolgte, als würde sich Melissa das Unvorstellbare vorstellen.

Und nun war in der Ferne ein Automotor zu hören. *Sie müssen von der Stelle zurückkommen, an der Syd gefunden wurde.*

Dann jedoch sah Kat einen anderen Wagen … Und was für einen!

»Erwarten Sie Besuch?«

Kat beobachtete, wie ein roter offener Wagen – sportlich, windschnittig und dem Aussehen nach schnell – die Zufahrt hinunterkam und vor dem Shreeve-Haus langsamer wurde.

Sie drehte sich gerade rechtzeitig zu Melissa, um zu erkennen, wie ihre neue Freundin die Augen verdrehte.

»Das ist Tim. Tja, *den* soll ich heiraten, wenn es nach meinem Vater geht.«

»Zwischen euch beiden hat es wohl nicht gefunkt?«

Melissas Stimme nahm einen trotzigen Ton an. »Ich bin mir nicht sicher. Er ist Jahre älter als ich, schon recht gut aussehend, aber ihn heiraten? Ihn und seinen MG, diesen neuen Wagen? *Und* seine gesamte Familie!«

Das Mädchen beugte sich näher zu Kat und flüsterte: »Die Familie ist so steif und altmodisch!«

Kat lachte.

»Aber der Wagen ist nicht schlecht. Ich meine ja nur …«

Der kirschrote MG kam schlitternd vor der Haustür zum Stehen.

Der Fahrer mit der feschen Schirmmütze warf die Wagentür auf und kam zur Treppe geschlendert, an deren unterem Ende er stehen blieb, um zu ihnen hinaufzusehen.

»Hallihallo! Guten Tag, Melissa … und … Eine neue Freundin?«

Melissa nickte. »Kat … Ich meine, Lady Mortimer.«

»Aha!« Er tippte sich an die Mütze. »Guten Tag, Mylady!«

Kat nahm an, dass dieser Tim tatsächlich wusste, wer sie war. *In einer Gegend wie dieser? Hier weiß jeder alles.*

»Willkommen in Mydworth! Sie wohnen im Dower House, wie ich hörte.« Tim schaute sich um, als fehlte noch jemand. »Und wo ist Ihre bessere …?«

»Mein *Ehemann* ist mit Mr Shreeve unterwegs«, sagte Kat, die ihn nicht gleich wegen des Ausdrucks »bessere Hälfte« schelten wollte.

»Hm. Ich frage mich … ist natürlich nur geraten« – was es, wie Kat ahnte, ganz und gar nicht war –, »ob es um diese unerfreuliche Geschichte mit dem Buckman-Jungen geht.«

Und die ganze Zeit lächelte Tim weiter.

Mochte Melissa diesen offensichtlich vermögenden jungen Mann mit dem unverschämten Auftreten wirklich, oder wollte sie lediglich ihren Vater friedlich stimmen?

Und Kat fragte sich, ob im Jahr 1929 eine junge Frau entschied, wen sie heiratete und was sie mit ihrem Leben anfing, oder ob es vielmehr ihr reicher und herrischer Vater tat. Ein Mann, der gewiss nichts für Syd Buckman übriggehabt hatte.

»Ich würde ja eine Ausfahrt für uns alle vorschlagen, aber der alte Midget ist ein Zweisitzer, leider. Also, was sagst du, Melissa, wollen wir eine kleine Spritztour machen?«

Und wieder einmal hatte Kat den Eindruck, dass sie hier einen – zweifellos gut aussehenden – Mann vor sich hatte, der einer Frau *seine* Wünsche überstülpte.

Um es leichter zu machen, sagte Kat: »Mir macht es nichts aus, hier allein zu warten, Melissa.«

Melissa wandte sich zu Tim. »Ich weiß nicht recht, ob ich möchte, Tim. Ich hatte eben eine fantastische Ausfahrt hinten auf dem …«

Tim trat einen Schritt näher.

»Natürlich möchtest du! Das Verdeck ist offen, die Sonne scheint, es wird primissima!«

Dann sah er Kat an.

Sie hatte das Gefühl, dass ihm ihre Unterhaltung mit der jungen Frau, die er als seine Freundin zu betrachten schien, nicht gefiel. Oder wähnte er gar, sie sei seine Braut?

Kat wiederholte: »Nur zu. Es wird gewiss lustig, und noch ist das Wetter sehr schön.« Dann ergänzte sie: »Wir reden ein anderes Mal weiter, einverstanden?«

Hierauf lächelte Melissa, stand auf und ging die Stufen hinunter zu Tim, der bereits zur Beifahrertür des MG flitzte und sie ihr öffnete.

Als Kat dem davonbrausenden roten Wagen nachsah, stellte sie fest, dass Melissa ihr eine Menge Stoff zum Nachdenken gegeben hatte … und einiges, was sie mit Harry besprechen musste.

Durchs Wagenfenster sah Harry Kat auf der Veranda der Shreeves sitzen und winken. Allein.

Hat sie mit Shreeves Tochter sprechen können? Und warum ist sie allein? Das werde ich bald erfahren.

Shreeve stoppte den Wagen, und kaum dass Harry seine Tür geöffnet hatte und ausstieg, drehte Shreeve sich um.

»Sir Harry, Sie gesellen sich doch auf einen Whisky zu mir, nicht?«

Es war weniger eine Frage als eine Annahme.

Kat war von der Veranda gekommen, und er sah zu ihr.

Eventuell wären von Shreeve und Nailor noch mehr Informationen zu bekommen, doch wichtiger war, dass er sich zunächst mit Kat unterhielt.

Syd Buckmans Unfall wirkte mit jedem neuen Gespräch, das sie führten, verdächtiger.

»So gern ich es auch täte, ich denke doch, dass Lady Mortimer und ich zurückmüssen.«

»Ach, nur ein *schneller Drink*, Sir Harry?« Shreeves Wut auf den toten Buckman und eventuell auch auf Harrys und Kats Einmischung war bei der Aussicht auf einen wärmenden Whisky einer herzlichen Leutseligkeit gewichen.

Nailor war zur Fahrerseite gewechselt und wollte den Wagen wegfahren.

»Fred kann sich auch zu uns gesellen. Und …« Als bemerkte er es jetzt, dass noch jemand aus heiterem Himmel erschienen war, wandte Shreeve sich an Kat. »Lady Mortimer, sicher können wir Sie zu einem Sherry verleiten. Oder einem Glas Portwein?«

Inzwischen war Kat bei ihm und hakte sich, sehr zu Harrys Erleichterung, fest bei ihm ein.

Bildete er es sich ein, oder lehnte sie sich leicht gegen ihn?

Was Shreeves Angebot betraf, konnte er es nicht erwarten, ihre Antwort zu hören.

»Portwein? Sherry? Ich denke, ein Whisky wäre mir recht. Doch, wie Harry schon sagte, haben wir noch einiges zu erledigen.«

Wohl wissend, dass Shreeve sie ansah, blickte sie scheu zu Harry auf. *Mein Gott, sie spielt mit dem Mann. Was für ein Spaß!*

Nach dieser letzten Abfuhr schien Shreeve die Fantasie auszugehen, denn er nickte. »Ähm, richtig, ja. Dann nächstes Mal.«

»Haben Sie *vielen* Dank«, antwortete Kat für sie beide.

Dann ging sie voraus zu der Stelle, an der sie das Motorrad geparkt hatte, und sie setzten ihre Helme auf.

Wie angekündigt, stieg sie vorn auf, ließ den Motor an und kickte den Ständer weg. Harry schwang sich auf den hinteren Sitz und schlang die Arme fest um sie.

»Sitzt du bequem?«, fragte Kat.

»*Ziemlich.* Ja, ich denke, ich könnte diese Position hier sogar dem Fahren vorziehen.«

»Halt dich fest … Es wäre zu bedauerlich, sollte ich über einen Hubbel fahren und mein Mann herunterpurzeln.«

»Oh ja, das müssen wir verhindern. Was für ein Skandal es im Dorf wäre!«

Und Harry wand seine Arme noch ein wenig fester um Kats Mitte.

Sie gab einmal probeweise etwas Gas.

Harry blickte hinüber zu Shreeve, der die Vorführung beobachtete.

Lächelnd nickte er ihm zu, und im nächsten Augenblick lenkte Kat das Motorrad in einem kleinen Kreis in die Auffahrt, dass Kieselsteine aufflogen. Harry war nicht sicher, ob er diese Wendung hinbekommen hätte. *Wo mag sie das nur gelernt haben?*

Nun fuhr Kat die lange Auffahrt hinauf zum Tor hinaus und ihrem nach wie vor neuen Heim entgegen.

11. Eine merkwürdige Kündigung

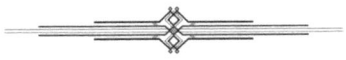

Als sie die Auffahrt hinaufpreschten, neigte Harry sich zu Kats rechter Seite, sodass sein Mund nahe an ihrem Ohr war.

»Ich denke, es macht Sinn«, sagte er laut über den Motorenlärm hinweg, »mit dem Reden zu warten.«

Kat sah sich kurz um. »Wir sind bald zu Hause, mein Harry. Und ich könnte mir vorstellen, dass wir eine Menge zu erzählen haben. Machen wir das lieber bei einem anständigen Whisky.«

»Ehrlich, ich liebe dein Planungstalent«, rief er noch ein wenig lauter, da Kat auf der langen, geraden Strecke mehr Gas gab.

Nun lehnte er sich näher an sie und genoss die Fahrt im Sonnenuntergang mit seinem sagenhaften Chauffeur.

Als sie vor ihrem Zuhause, dem Dower House, vorfuhr, hatte Kat damit gerechnet, dass Maggie schon heimgegangen war.

Andererseits hatten sie bisher nicht über die Arbeitszeiten der Haushälterin gesprochen, daher konnte Kat es nie so genau sagen. Anscheinend war Maggie auf magische Weise zu den passenden Zeiten da, seien die am sehr frühen Morgen oder wie jetzt, bei Sonnenuntergang.

Als würde sie über diese in London gerade so sehr moderne »übersinnliche Wahrnehmung« verfügen. Oder aber sie sprach sich nebenher mit Harry ab.

Nun jedenfalls stand Maggie drinnen in der Diele, hatte ihre Handtasche dabei und sah aus, als wollte sie nach Hause gehen.

»Maggie!«, sagte Harry. »Sie sind noch hier?«

Die Frau nickte. Seit Harry ein kleiner Junge war, arbeitete sie bereits als Haushälterin für die Familie und betrachtete ihn als ihren Schützling. »Ich hatte noch einiges zu tun, um das Haus für den Rest der Woche zu ordnen. Ich, ähm, war so frei, Ihnen ein leichtes Abendessen vorzubereiten, weil ich nicht sicher war, wann Sie nach Hause kommen würden. Da sind ein paar schöne Schinkenscheiben vom Schlachter, etwas Käse und diese Feigen, die Sie so gern essen, Sir Harry. Oh, und es ist eine Flasche von dem Wein kalt gestellt, den Sie erwähnten. Ich hoffe, ich habe den richtigen ausgesucht.«

»Den Montrachet 1925 Grand Cru?«

»Ich glaube, ja, Sir Harry.« Maggie lachte. »Sie wissen ja, ich und mein Französisch! Es ist hoffnungslos.«

Kat, an deren Overall wie auch an der dünnen Jacke und dem weißen Blusenkragen Sprenkel von Straßenstaub zu sehen waren, trat einen Schritt vor.

»Maggie, Sie sind ein Phänomen. Das klingt perfekt! Können wir Sie nach Hause fahren oder …«

Doch die Haushälterin schüttelte den Kopf. »Nein, nein, nicht nötig. Es ist ein wunderbarer Abend, da wird der kurze Weg ins Dorf herrlich sein, aber … oh …«

Auf einmal blickte sie unglücklich drein, als hätte sie etwas Wichtiges vergessen. Kat sah, wie Maggie ihre Handtasche mit einem lauten Klicken öffnete und einen Umschlag herausnahm.

»Dies hier wurde für Sie abgegeben.«

Maggie streckte den Umschlag vor, und Kat nahm ihn entgegen.

Die saubere Kursivschrift auf dem Brief hätte die Nonnen von St. Vincent in der Bronx stolz gemacht.

»*Sir Harry und Lady Mortimer.*«

Harry wandte sich an Maggie.

»Von wem ist der Brief?«

Maggie nagte nervös an ihrer Unterlippe. Offenbar wusste sie, dass versiegelte Nachrichten in solchen Umschlägen nie gute Nachrichten waren.

Dem stimmte Kat zu.

»Von Elsie Buckman. Sie hat ihn heute Nachmittag gebracht. Ich weiß nicht, ob sie dachte, sie würde einen von Ihnen hier antreffen. Aber sie war sehr nervös, fast zappelig. Ich habe ihr versprochen, dafür zu sorgen, dass Sie ihn bekommen, tja, und dann … So schnell habe ich noch niemanden weglaufen sehen.«

Kat lauschte nickend.

»Als wollte sie nicht hier gesehen werden?«

Maggie bejahte stumm.

Kat sah zu Harry, bevor sie einen Fingernagel unter die Lasche schob und den Umschlag aufriss.

Darin steckte ein einzelnes Blatt.

»Lies schon vor«, sagte Harry. »Du weißt, dass ich die Spannung nicht aushalte.«

Kat schüttelte den Kopf.

»Das entspricht nicht der Wahrheit! Hör zu: *Sehr geehrte Sir Harry und Lady Mortimer, ich muss mich entschuldigen, dass ich Sie gebeten habe, den Tod meines armen Syd zu überprüfen. Ich habe meinen Jungen geliebt, aber mir ist jetzt ziemlich klar, dass es nur ein tragischer Unfall war. Ich muss Sie bitten, keine weiteren Fragen zu dem schrecklichen Ereignis zu stellen. Hochachtungsvoll, E. Buckman.*«

»Sieh an, sieh an«, sagte Harry. »Wie es scheint, sind wir soeben *entlassen* worden?«

»Ich habe dir ja erzählt, wie es dort war, Harry. Erst hat Elsie geredet, dann tauchte ihr Mann auf, und plötzlich wurde sie stumm.«

»Und er konnte dich nicht schnell genug loswerden?« Kat nickte.

Harry nahm ihr das Blatt ab. »Meinst du, er hat sie gezwungen, das hier zu schreiben?«

Kat sah zu Maggie, die alles wortlos beobachtete.

»Maggie, wie wirkte sie, als sie das hier abgegeben hat?«

»Wie gesagt, Lady Mortimer, nervös und in Eile.«

»Ängstlich?«

»Kann sein. Ich meine, sie hat mir schnell den Umschlag gegeben, und, schwups, war sie wieder weg.«

Kat nickte. »Maggie, Sie wohnen schon lange hier im Dorf …«

Immerhin zauberten diese Worte ein Lächeln auf das Gesicht der Haushälterin. »Oh, das tue ich, Mylady. Zu lange, was, Sir Harry?«

»Nonsens, englische Dörfer brauchen *mehr* Menschen wie Sie, Maggie. Womit ich sagen will, denken Sie ja nicht daran, sich in den Ruhestand in ein kleines Cottage am Meer zurückzuziehen.«

»Ha, ich und an einem Strand! Oh, wäre das mal ein Anblick!«

Sosehr Kat es genoss, wie ihr Mann freundlich mit der Haushälterin scherzte, brannte ihr doch eine ernste Frage auf den Lippen.

»Also, da Sie schon so lange hier leben, haben Sie Elsie Buckman und deren Ehemann häufiger gesehen, nicht wahr? Sind Ihnen vielleicht bestimmte Dinge aufgefallen?«

Maggie blickte zur Seite und schien ein wenig verlegen.

»Na ja, gewöhnlich kümmere ich mich nicht um die Angelegenheiten anderer, Mylady. In solch einem kleinen Ort sollte man das tunlichst vermeiden.«

Kat bejahte stumm. Und anstatt Maggie weiter zu bedrängen, wartete sie ab. *Falls die Frau etwas zu erzählen hat, wird sie es tun.*

Schließlich sah Maggie wieder zu ihr. »Es ist ein kleines Dorf, ja, und man hört Sachen – und sieht Sachen, auch wenn man es nicht will. Und, nun ja, dieser Mann … der ist ein ziemlicher …« Maggie stockte. An welches Wort sie auch denken mochte, es auszusprechen fiel ihr nicht leicht. »Ein ziemlicher Taugenichts. Die Familie ist schon immer so arm. Er wildert, wie er es zweifellos auch seinem Sohn beigebracht hatte. Und immer vertrinkt er alles Geld, das sie haben. Jeden Abend ist er unten im The Old Station, verlässlich wie ein Uhrwerk. Einer von der Sorte …«

»Ich verstehe.« Nun wandte Kat sich an Harry. Denn sie hatte eine Idee.

»Harry, diese Nachricht hat Elsie nicht freiwillig geschrieben. Da möchte ich wetten.«

»Ich dachte, du hältst nichts vom Glücksspiel.«

»Ich sollte noch mal zu ihr gehen. Sie muss etwas wissen. Ihr Mann hat irgendein Geheimnis.«

»Solange der alte Säufer im Pub festsitzt?«, fragte Harry und blickte versonnen ins Leere, als müsste er über den Plan nachdenken. »Einen Versuch wäre es wert, ich meine, wenigstens in Erfahrung zu bringen, warum wir ›gefeuert‹ wurden.«

Dann räusperte Maggie sich. »Sir Harry, Lady Mortimer, wenn ich mir die Bitte erlauben darf: Seien Sie vorsichtig! Dieser Billy trinkt eine Menge, und er ist sehr reizbar, falls Sie verstehen, was ich meine. Es wäre entsetzlich, sollte Ihnen etwas zustoßen!«

Offenbar wusste Harry genau, was zu tun war, denn er ging zu der Haushälterin und legte einen Arm um ihre Schultern.

»Aber, Maggie, denken Sie, ich würde *jemals* zulassen, dass meiner Frau etwas passiert? Oder auch nur mir?«

Hierüber musste Maggie lachen.

Sehr gut. Wir wollen nicht, dass sich diese nette Frau sorgt.

»Na schön«, sagte Harry. »Wir nehmen den Wagen, ja? Sobald Billy im Pub ist, fahren wir …«

»Nein«, unterbrach Kat ihn.

»Hm?«

»Das Cottage der Buckmans ist nicht weit weg, und an solch einem Abend können wir zu Fuß gehen. Auf dem Weg reden wir.«

»Und was ist mit dem Whisky, der auf uns wartet?«

»Der, Maggies Abendessen *und* der Montrachet müssen warten, bis wir zurück sind.«

Harry zwinkerte Maggie zu. »Ein solches Angebot kann ich unmöglich ablehnen.«

»Danke, Maggie, für alles, wie immer«, sagte Kat. »Und Sie sind sicher, dass Sie nicht gefahren werden möchten?«

»Nein. Ich bin im Nu zu Hause.«

Kat drehte sich bereits zur Tür, und Harry war an ihrer Seite, als Maggie an ihnen vorbeiging und sagte: »Nochmals, seien Sie beide vorsichtig!«

Während Harry mit einem überzeugenden »Unbedingt!« antwortete, öffnete er die Tür.

Kat indes kam in den Sinn … Falls Syd ermordet worden war … sollten sie Maggies warnende Worte nicht auf die leichte Schulter nehmen.

12. Häusliche Geheimnisse

Harry ging mit Kat die Einfahrt hinunter, jedoch nicht über die Straße in Richtung Marktplatz, sondern nach links und am Dorfrand entlang.

»Eine Abkürzung. Als Junge habe ich die früher benutzt. Sie führt am Cricketplatz vorbei und dahinter weiter bis Myer's Hill. Der war unser Lieblingsplatz zum Rodeln im Winter. Großartig! Und hier kommen wir direkt zum anderen Ende der Briar Lane – und zu den Buckmans!«

»Du als Kind. Es ist irgendwie schwer vorstellbar.«

»War es für mich auch, doch seit ich wieder hier bin, werden viele Erinnerungen wach.«

Was stimmte. Und obgleich Harry es vor allem genoss, wieder in diesem Winkel der Welt zu sein und Kat das England zu zeigen, in dem er aufgewachsen war … so lauerten hier doch auch jene anderen Erinnerungen – die an seine Eltern.

Ja, er wusste, dass er es gut verbarg.

Aber eines Tages, eventuell bei einem Spaziergang wie diesem, müsste er mit Kat über die Vergangenheit sprechen.

Über das, was geschehen war.

Jetzt jedoch nicht.

»Weißt du, Kat, ich habe darüber nachgedacht, wo sie Syds Leiche gefunden haben.«

»Ja? Du hast vorhin kurz erwähnt, es mutete beinahe an, als hätte er sich versteckt.«

»Richtig. Die Sache ist die … Vor wem er sich auch immer versteckt haben mag, derjenige muss sich in dem Wald sehr gut ausgekannt haben.«

»Stimmt«, bestätigte Kat. »Ein anderer Wilderer vielleicht? Johnny hat erzählt, dass Syd sich vor einigen Wochen mit einem anderen Wilderer geprügelt hatte.«

»Hm, das hatte ich schon wieder vergessen. Wir sollten versuchen, den Mann aufzuspüren. Wer passt deiner Meinung nach noch ins Bild? Shreeve?«

»Kann sein. Er hat in jener Nacht Jagd auf Wilderer gemacht. Allerdings glaubt Melissa nicht, dass ihr Vater wegen ihres Umgangs mit Syd hinreichend wütend gewesen sein könnte, um solch drastische Maßnahmen zu ergreifen.«

»Das zu glauben, dürfte jeder Tochter schwerfallen, hm? Doch ein Mann wie er? *Emporkömmling* wäre der passende Ausdruck, nicht wahr? Keiner bringt es aus dem Nichts so weit, ohne dass ihm einige Leute in die Quere kommen, die er, nun ja, aus dem Weg räumen muss.«

»Stimmt. Aber wir dürfen auch nicht vergessen, dass Fred Nailor den Wald gut kennt – wie überhaupt das ganze Anwesen. Erinnerst du dich, wie wütend er wurde, als ich ihn fragte, ob das Wildern wirklich so schlimm sei?«

»Du hast recht. Und Shreeve hat ihn ganz schön unter Druck gesetzt.«

»Nicht zu vergessen Billy Buckman«, sagte Kat. »Wie passt er mit dem, was er verheimlicht, ins Bild? Ich habe das Gefühl, dass sich Vater und Sohn nicht besonders grün waren.«

»Eine ausgezeichnete Frage. Und was ist mit Syds Freund Chaz? Ich wette, ihm ist der Wald dort auch nicht fremd. Könnte er sich mit Syd wegen Geld zerstritten haben … oder wegen etwas anderem? Einem Mädchen vielleicht? Apropos Mädchen, du hast doch diesen Tim kennengelernt, von dem du vorhin erzählt hast. Hat er das Zeug, sich einen Rivalen vom Hals zu schaffen?«

»Das bezweifle ich«, antwortete Kat. »Ich denke, den würde schon ein stärkerer Windhauch umhauen. Aber wenn Liebe im Spiel ist, wer weiß!«

Sie gingen um eine Biegung auf einen schmalen Weg, der schließlich zu der staubigen Straße führte, in der die Buckmans wohnten. Hier standen keine Bäume, sodass sie vom abnehmenden Mond beschienen wurden.

Das Licht fiel direkt auf Kats Gesicht.

»Aber weißt du was?«, fragte Harry. »Und das *ist* wichtig. Hat dir schon mal jemand gesagt, dass Mondschein auf deinem Gesicht, so wie jetzt, einen ziemlich verblüffenden Effekt hat?«

Kat lachte.

So schön sie auch war … Harry wusste, dass sie, wenn man ihr schmeichelte, entwaffnend schüchtern sein konnte.

»Ich glaube, etwas Ähnliches hast du mir an dem Abend in Paris gesagt, erinnerst du dich?«

»Oh ja, und ob ich mich erinnere!«

Und dann konnten sie die Haustür der Buckmans hinter dem überwucherten Vorgarten und dem klapprigen Zaun sehen, der eher eine Zumutung fürs Auge war als ein echter Schutz.

Wie es aussah, brannten drinnen nur ein oder zwei Petroleumlampen.

»Tja, da wären wir«, sagte Harry.

Er bemerkte, wie Kat Luft holte.

Was immer jetzt kommt, es wird nicht einfach …

Elsie Buckman öffnete die Tür einen Spalt, und ihr Blick in dem spärlichen Licht verriet, dass sie das Klopfen sehr überrascht hatte. Zunächst sah sie nur Harry und schien verwirrt.

Doch dann, als sie Kat erblickte, wechselte ihr Ausdruck.

Furcht.

Kat stellte sie vor. »Mrs Buckman … Elsie … Sir Harry.«

Die Frau nickte. Harry sah, dass Kat lächelte, merklich bemüht, so behutsam wie möglich vorzugehen.

»Wir haben Ihre Nachricht erhalten. Dürfen wir kurz reinkommen und mit Ihnen reden?«

Elsie rührte sich nicht. »I…ich habe gesagt … was ich gesagt habe. Sie beide müssen nichts mehr tun. Und Sie sollten …«

Kat machte einen Schritt vor und legte ihre Hand auf die der Frau an der Türkante.

»Nur ein paar Minuten, versprochen. Es gibt etwas, das wir nicht verstehen.«

Die Frau schaute zu Harry auf.

Es geschieht vermutlich nicht oft, dass sich ein Mitglied des Adels zur Abendessenszeit einfindet.

Und Harry fragte sich, ob Billy irgendwo im Haus lauern könnte, ungeachtet dessen, was Maggie erzählt hatte. Würde diese ganze Szene gleich unangenehm? Möglich war alles.

Doch nun nickte Elsie Buckman, wich zurück und öffnete die Tür weiter.

Kat war bewusst, dass Harry von ihr erwartete, zügig ihre Fragen aufzubauen, um schließlich zu der entscheidenden zu gelangen …

Und sie hatte ein schlechtes Gewissen. Diese Frau wurde offensichtlich von ihrem Mann misshandelt, und jetzt verlangten sie beide von ihr, dass sie ein Risiko einging und ihnen vertraute.

Kat wartete, während Elsie für einige Sekunden hinaus in die Dunkelheit spähte – als müsste sie überprüfen, dass niemand draußen war. Dann schloss die sie Tür und drehte sich zu den beiden um.

»Elsie, als ich hier war, wurde Ihr Mann wütend auf mich und wollte, dass ich verschwinde.«

Anscheinend kamen ihre Worte nicht überraschend.

»Er wollte, dass Sir Harry und ich aufhören, Fragen zu stellen, dessen bin ich mir sicher. Und …«

Kat tat die Frau leid. Schlimm genug, dass sie einen Sohn verloren hatte, doch jetzt noch all diese Fragen. Die Verdächtigungen …

»Gehe ich recht in der Annahme, dass Ihr Mann Sie gedrängt hat, das hier zu schreiben?«, fragte Kat, holte den Umschlag hervor und hielt ihn in die Höhe.

Beim Anblick des Schreibens ließ Elsie Buckman die Schultern hängen.

»Er hat gesagt, dass Sie sich *einmischen.* Er hat gesagt, wir müssen es gut sein lassen. Und … wenn ich Sie beide noch mal ins Haus lasse, dann …«

»Als ich vorhin hier war, hat sich Ihr Mann benommen, als hätte er etwas zu verbergen«, sagte Kat.

Sie fühlte, wie Harry einen Schritt näher zu ihr trat.

»Wissen Sie, was das sein könnte?«, fragte er.

Hierauf wandte sich die Frau ab.

Und nun, als suchte sie Halt, stützte sie die Hände auf die Rückenlehne eines Küchenstuhls.

Fürs Erste kam nichts. Kat sah Harry an, und stumm einigten sie sich, zu warten, bis Elsie so weit war, mit ihnen zu reden. Was auch geschah …

»Ich … ich weiß *gar nichts*. Billy redet ja kaum mit mir. Aber eines kann ich Ihnen erzählen. Es war im Juni, da habe ich gehört, wie er mit Syd geredet hat. Er wurde laut. Die beiden haben gestritten.«

»Kam das oft vor?«, fragte Harry.

Die Frau nickte. »Immerzu. Aber dieses Mal … Ich weiß nicht, worum es ging, aber Syd war irgendwo gewesen und ist erst am nächsten Tag zurückgekommen. Vielleicht ging es um Geld. Billy … redet dauernd von Geld. Es kann auch etwas anderes gewesen sein, aber …«

Ihre Lippen begannen zu beben, und sie rang nach Luft.

»Irgendwie glaube ich, dass Billy herausbekommen hat, was Syd getrieben hatte. Aber ich … ich …«

Und hierauf sah Kat, wie Harry, der viel zu groß für dieses winzige Cottage wirkte, zu Elsie ging, als wollte er sie stützen.

Sanft legte er eine Hand auf ihren Arm.

»Mrs Buckman«, sagte er sehr ruhig, »dürfen wir uns mal Syds Zimmer ansehen? Vielleicht finden wir dort etwas, das uns verrät, was vor sich ging. Eventuell sogar, was mit Syd passiert ist. Meinen Sie …?«

Kat hörte ein Knacken draußen – ein Zweig oder ein toter Ast, der in der sommerlichen Abendbrise herabfiel.

Oder Billy.

Das würde die Sache wahrlich interessant machen.

Aber niemand kam zur Tür, während Harry und sie auf eine Antwort warteten.

Elsie Buckman trat von Harry weg und sah erst ihn, dann Kat an.

»Ja. Na ja, ich war überhaupt nicht mehr oben, seit es passiert ist. Das ertrage ich nicht. Aber ja. Sehen Sie sich ruhig um. Helfen Sie mir …« Ihre Stimme versagte, und

Tränen glänzten in ihren Augen. »… meinen Sohn zur letzten Ruhe zu betten. Finden Sie heraus, was Sie können.«

Harry nickte ihr zu und blickte zu Kat.

»Wir beeilen uns«, versprach sie, als Harry sich bereits zu der schmalen Treppe wandte, auf der sie sich beide ducken mussten, um zum Dachgeschoss zu kommen. Zu Syd Buckmans Zimmer.

»Gott, was ist das für ein *Gestank?*« Kat hielt sich eine Hand vor die Nase.

Harry schob die Tür zu Syds kammerartigem Zimmer auf, das er beinahe vollständig ausfüllte. Hier war der Geruch … richtig intensiv.

»Tja, ich könnte mir vorstellen, wenn man die Nächte damit verbringt, Wild zu schießen und für den Transport und Verkauf zu zerlegen, bleibt etwas davon an einem haften. Buchstäblich.«

»Das muss es sein. Tja, falls hier irgendwas ist, sollte es bei der überschaubaren Größe des Zimmers nicht schwer zu finden sein.«

»Ich erspare dir den … ähm … Spaß, in seiner alten Kleidung zu wühlen … in die Taschen zu sehen und so.«

»Was habe ich doch für einen Gentleman geheiratet! Ich übernehme die Kommode und diesen Tisch. Sehr vielversprechend sieht es nicht aus, was?«

»Leider nicht. Trotzdem könnten wir Glück haben.«

Kat drängte sich an Harry und einem schmalen Bett, dessen Bezüge schon lange nicht mehr gewechselt worden waren, vorbei zur Kommode. Sie zog die Schubladen auf.

Drinnen befanden sich Gewehrpatronen.

Handwerkszeug.

Ein großes Jagdmesser in einer Scheide.

Wahrscheinlich hatte Syd mehrere von denen.

Und – welche Überraschung! – eine Fotografie.

Drei Mädchen in Schuluniform, Arm in Arm. Es dauerte ein bisschen, bis Kat die Person in der Mitte erkannte.

»Fündig geworden?«, fragte Harry.

»Dies hier ist Melissa«, antwortete Kat und hielt Harry den Schnappschuss hin. »Syd muss sie gebeten haben, ihm die Fotografie zu schenken.«

»Hattest du nicht gesagt, die beiden waren eigentlich kein Paar?«

Kat schüttelte den Kopf. »Waren sie auch nicht. Ich denke, sie wollte einfach nur ihren Spaß. Für sie zumindest war es nichts Ernstes. Eher wohl ein Aufbegehren gegen den Vater.«

»Und was für ein Vater! Igitt!«

Er hielt einen Overall hoch, auf dem lauter dunkelbraune Flecken waren – Blut von einer nächtlichen Wilderei, vermutete Kat. Dann sah sie, wie er unter das Bett griff.

»Hal-looo, was haben wir denn hier?«

Harry zog eine etwas sauberere Hose hervor – aus Cord. Aus einer der Taschen holte er eine Handvoll Papiere, die er auf dem Bett ausbreitete.

»Okay. Eine Quittung für eine Übernachtung. The Old Orchard. Ah, sieh mal, eine Zugfahrkarte nach Bristol und zurück, datiert vom dritten Juni. Bristol? Hm. Was wollte er in Bristol?«

Dann nahm Kat etwas auf, das wie ein Ausriss von einer Zigarettenpackung aussah, nicht größer als drei mal drei Zentimeter und in der Mitte gefaltet.

Sie las.

»Tom Mulcahey.«

»Na, das ist interessant«, sagte Harry. »Ich frage mich, wer dieser Tom Mulcahey sein mag.«

»Der Name sagt dir nichts?«

»Nein. Aber ich war auch lange weg. Er könnte durchaus von hier sein.«

»Andererseits schreibt man einen Namen nur so sehr sorgfältig auf die Rückseite einer Zigarettenpackung, wenn man denjenigen *nicht* kennt. Nicht den von einem Bekannten, sondern eher den von jemandem, den man sich merken muss.«

»Ja. Jedenfalls würde ich es tun«, stimmte Harry ihr zu. »Könnte der Name mit Syds Ausflug nach Bristol zusammenhängen?«

»Möglich wäre es.«

In diesem Moment knallte unten eine Tür gegen die Innenwand des Hauses, gefolgt von einem Brüllen, das selbst aus dieser Entfernung sehr gelallt klang.

»Verflucht noch mal, Weib!«

»Wir haben Gesellschaft«, flüsterte Kat.

»Ah, schön. Ich liebe Überraschungen«, sagte Harry grinsend.

Doch dann schwand sein Grinsen. »Allerdings halte ich es nicht für den günstigsten Moment, den entzückenden Billy Buckman kennenzulernen«, fügte er hinzu und wandte sich zu dem kleinen Fenster über dem Bett.

»Denkst du dasselbe wie ich?«, fragte Kat.

»Kann nicht höher als zweieinhalb Meter sein. Und vergessen wir nicht, dass ich dich schon mal durch ein Fenster habe fliehen sehen.«

Sie stieg auf das Bett, öffnete das Fenster so leise wie möglich und blickte hinaus.

Kein Problem, dachte sie.

»Worauf warten wir?«, flüsterte sie, stieg nach draußen, drehte sich um und ließ sich nach unten fallen.

Von dort blickte sie hinauf zu Harry, der halb auf

dem Sims hockte und das Fenster lautlos hinter sich schloss, bevor er sprang, sich aufrichtete, seine Hände abklopfte und Kat zuzwinkerte.

Zusammen standen sie im Schatten und lauschten.

Horchten, ob Billy auf seine Frau losging.

Doch nun war alles still im Haus.

»Er muss umgekippt sein«, sagte Harry.

»Hoffentlich. Die arme Elsie hat keine Ahnung, was mit uns ist.«

Und während sie an dem Gestrüpp vorbei zur kaputten Pforte gingen, überlegte Kat sich schon einen Plan.

»Morgen früh, hm? Wir beide nach Bristol?«

»Müssen wir. Dieses Zugbillett ist die einzige Spur, die wir zu Syds mysteriöser Reise haben. Hoffen wir, dass sich das Wetter hält.«

Draußen auf dem Weg hakte Kat sich bei ihm ein …

»Also, verrate mir, Sir Harry, wie weit weg ist Bristol?«

Harry musste lachen.

»Ich vergesse immer wieder, dass du rein *gar nichts* über mein Heimatland weißt. Überhaupt nicht weit weg. Nur wenige Stunden.«

»Wie es aussieht, wird morgen ein, ähm, spannender Tag.«

»Oh ja, das wird er.«

»Aber erst mal zu unserem … Schinken, zu Käse und Feigen.«

»Und zu dem gekühlten Montrachet. Wie konnte ich jemals ohne Kühlschrank leben?«

»Warte ab, bis die Waschmaschine da ist.«

»Wir werden zum Gesprächsthema Nummer eins im Dorf, Kat Reilly.«

»Ich glaube, das sind wir bereits«, entgegnete sie.

116

13. Notlügen

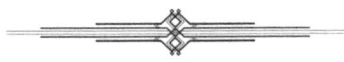

Harry parkte den Alvis am Ende der Straße, in der sich der Pub The Old Orchard befand, und schaltete den Motor aus. Dann wandte er sich an Kat.

»Was für eine Fahrt, hm?«

»Kann man wohl sagen. Das war eine eindrucksvolle Kuhherde, die wir vorbeilassen mussten. Vielleicht sollten wir nächstes Mal den Zug nehmen.«

Harry öffnete die Wagentür, stieg aus und streckte seinen schmerzenden Rücken.

Bei Tagesanbruch waren sie losgefahren, doch sie hatten beinahe vier Stunden von Mydworth nach Bristol gebraucht. Unterwegs hatten sie sich mit dem Fahren abgewechselt und ein paar Pausen gemacht, um Luft zu schnappen. Trotzdem war Harry erschöpft. Er beobachtete, wie Kat ausstieg, sich gleichfalls streckte und sich umschaute.

The Old Orchard war nicht schwer zu finden gewesen – mitten im Hafenviertel von Spike Island, wo sich sonst lauter sehr kleine Reihenhäuser befanden.

Hier parkten keine Autos an der Straße, allerdings waren reichlich Lieferwagen, Lastwagen und klapprige Pferdefuhrwerke unterwegs.

Harry sah hinüber zum Pub. Die Läden waren geschlossen, und das Gebäude wirkte verlassen. Er blickte auf seine Uhr.

»Sie müssten bald aufmachen«, sagte er. »Wie wollen wir es angehen?«

»Wir improvisieren«, antwortete Kat grinsend. »Ich bin schließlich zum ersten Mal in Bristol.«

Just in diesem Augenblick schwang die Pubtür auf, und eine mürrische Frau in einer geblümten Schürze erschien, die ihr Haar mit einem Geschirrtuch zurückgebunden hatte. In einer Hand trug sie einen Wassereimer und eine Bürste. Damit kniete sie sich hin und fing an, die Eingangsstufen zu schrubben.

»Ich habe eine Idee«, sagte Kat.

Noch ehe Harry etwas sagen konnte, schnappte sie sich seine Aktentasche von der Rückbank und marschierte über die Straße auf den Pub zu.

»Wir haben geschlossen«, rief die Frau, ohne aufzusehen, als Kat sich ihr näherte.

»Weiß ich«, sagte Kat.

Die Frau hielt inne, drehte sich um und beäugte Kat misstrauisch.

»Was wollen Sie?«

»Ich würde mich gern kurz mit Ihnen unterhalten«, antwortete Kat.

»Egal, was Sie verkaufen, wir brauchen es nicht.«

»Ich verkaufe nichts«, entgegnete Kat. »Ich kaufe.«

»Haben Sie keine Ohren? Wir haben geschlossen!«

»Ich will auch keinen Drink kaufen – auch wenn ich einen brauchen könnte. Ich kaufe fünf Minuten Ihrer Zeit.«

Hierauf ließ die Frau ihre Bürste in den Eimer fallen, wischte sich die Hände an ihrer Schürze ab und richtete sich auf. Kat wartete, während die Frau sie musterte und dann hinüber zu dem Wagen sah, an dessen Motorhaube Harry lehnte.

Er tippte sich höflich an den Hut.

»Fünf Minuten«, sagte die Frau und verschwand im Pub.

Kat drehte sich zu Harry um, hob eine Hand und sagte stumm: »Fünf Minuten!« Dann verschwand sie durch die Tür des Pubs.

»Dann lassen Sie mal hören«, sagte die Frau, als sich Kat zu ihr an einen zerkratzten Tisch in der Ecke des Schankraums gesellte.

Da die Läden nach wie vor geschlossen waren, konnte man kaum etwas sehen. In ihren jungen Jahren hatte Kat in einer New Yorker Bar gearbeitet, die diesem Pub nicht unähnlich gewesen war, und entsprechend waren ihr das Bild und die Gerüche vertraut. *Die umgedrehten Stühle auf den Tischen, der Geruch von starker Bleiche, der sich mit dem vom Tabakqualm der letzten Nacht, von verschüttetem Bier, Whisky, Schweiß und billigem Parfüm vermengte.*

Sie zog sich einen Stuhl heran, setzte sich und legte zwei Pfund auf den Tisch.

»Zwei jetzt und zwei, wenn Sie mir erzählen, was ich wissen möchte.«

Sie beobachtete, wie die Frau die Scheine nahm, sie zusammenfaltete und oben in ihre Bluse steckte.

»Schießen Sie los.«

»Wie lange arbeiten Sie schon hier?«

»Seit zehn Jahren.«

»Haben Sie auch im Juni hier gearbeitet?«

»Kann sein.«

»Ja oder nein?«

»Ja«, antwortete die Frau achselzuckend.

»Gut. Und Sie haben Zimmer, nicht wahr?«

»Haben wir.«

Kat hob die Aktentasche an, holte die Quittung hervor und legte sie auf den Tisch. *Die Frau lässt sich alles aus der Nase ziehen.*

»Die habe ich geschrieben«, sagte die Frau. »Na und?«

»Der Mann, dem Sie die Quittung gegeben haben, Syd Buckman, erinnern Sie sich an ihn?«

»Wir haben vier Zimmer, Fräulein. Die sind im Sommer alle ausgebucht. Jede Nacht ein anderer verdammter Seemann. Wie soll ich mich da an einen Kerl erinnern, der im Juni hier war? Und wieso auch? Der steckt doch nicht in Schwierigkeiten, oder?«

Kat lehnte sich zurück. Es wurde Zeit, kreativ zu werden.

»Ganz im Gegenteil. Ich vertrete eine Mandantin aus New York, die in dem Monat in Bristol war. Eine sehr wohlhabende Mandantin, die anonym bleiben möchte. Sie war übel gestürzt. Ein freundlicher junger Mann war ihr zu Hilfe gekommen, hatte seine Jacke um sie gelegt und sie ins Krankenhaus gebracht. Meine Mandantin hat ihn danach nie wiedergesehen. Nun möchte sie diesen jungen Mann belohnen. Und der einzige Hinweis, den wir auf seine Identität haben, ist diese Quittung aus seiner Jackentasche, auf der steht, dass er Syd Buckman heißt. Ich bin aus New York hergekommen, um ihn zu suchen. Und ich *muss* ihn finden.«

Sie nahm noch zwei Pfund aus ihrer Geldbörse, legte sie auf den Tisch, behielt jedoch ihre Hand fest auf den Scheinen. Die Frau blickte zu dem Geld und wieder zu ihr.

Fällt sie auf die Geschichte herein?

»Na gut. Jetzt, wo ich darüber nachdenke, erinnere ich mich. Ein junger Bursche, richtig?«

»Ja, richtig.«

»Ist nur die eine Nacht geblieben.«

»Sind Sie sicher, dass er es war?«

»Der war ja kein Seemann. Ein Junge vom Land, der ist hier sofort aufgefallen.«

»Haben Sie mit ihm geredet?«

»Eher hat er mit mir geredet. Tat auf Charmeur – na ja, hielt sich für einen.«

»Hat er gesagt, wo er wohnt?«

»Nee, viel hat er nicht verraten. Aber dem Dialekt nach würde ich sagen, Sussex vielleicht? Keine Ahnung.«

Kat holte ihr Notizbuch hervor und begann zu schreiben. Im Laufe der Jahre hatte sie erst in New York, dann im Regierungsdienst gelernt, dass Notizbücher Zeugen konzentrierter machten.

»Das hilft mir sehr, danke«, sagte Kat und ergänzte beiläufig: »Ich nehme an, er hat nicht gesagt, warum er hier in Bristol war? Glauben Sie, dass er mit einem Schiff weitergereist ist? Falls ja, dann habe ich ihn wohl verpasst.«

»Nein, ich glaube nicht, dass er richtig verreisen wollte.«

»Nicht?«

»An dem Morgen, an dem er abgereist ist, hat er gefrühstückt und mich hinterher nach dem Weg zur Bücherei gefragt.«

Kat musste ihre Verblüffung überspielen. »Der *Bücherei?* Meinen Sie, die örtliche Bücherei?«

»Nein, die große oben am College Green.«

»Sind Sie sicher?«

»Klar bin ich sicher.« Die Frau lachte. »So eine Frage höre ich nicht jeden Tag! Und er sah gar nicht wie ein Bücherwurm aus – deshalb weiß ich es noch.«

»Der Schein kann trügen«, murmelte Kat mehr zu sich selbst.

»Ja, nicht?«, sagte die Frau und sah zu einer großen Wanduhr. »Fünf Minuten.«

Kat schob die beiden Scheine über den Tisch, und die Frau ließ sie in ihrem Versteck verschwinden.

»Eine letzte Frage noch.«

»Nur zu«, antwortete die Frau und lachte. »Die geht auf mich!«

»Da war noch ein junger Mann, von dem wir glauben, dass er geholfen hat: Tom Mulcahey. Sagt Ihnen der Name etwas?«

Die Frau schüttelte den Kopf. »Nein. Mulcahey? Nichts.« Dann stand sie auf und lächelte spöttisch. »Anscheinend waren an dem Tag eine Menge *hilfsbereiter* junger Männer in Bristol unterwegs. Ihre … *Chefin* … hat richtig Glück gehabt, was?«

»Ja«, sagte Kat, blickte der Frau in die Augen und griff nach der Aktentasche, ehe sie zur Tür ging.

Draußen drehte sie sich um. »Danke für Ihre Hilfe!«

Die Frau stand mit verschränkten Armen in der Tür.

»Jederzeit«, sagte sie und nickte an Kat vorbei zu Harry, der seinen Hut in der Hand hielt und wartete. »Übrigens, wer ist *er?*«

Kat blickte sich nach ihm um und sah zurück zu der Frau.

»Er? Oh, er ist mein Fahrer.«

»Sieht nicht übel aus.«

»Nein, finde ich auch. Er gehört zu dem Wagen.«

»Ist er vergeben?«, fragte die Frau.

»Ich glaube, ja.«

»Ein Jammer.« Dann nickte die Frau und kniete sich wieder zu ihrem Eimer.

Kat ging an einem langsamen Pferdefuhrwerk vorbei zum Wagen.

»Zur Bristol Library bitte, Fahrer«, sagte sie und stieg auf den Beifahrersitz, ohne eine Miene zu verziehen.

»Sehr wohl, Madam«, antwortete Harry, salutierte kurz und ließ den Motor an.

Harry ging mit Kat durch die prachtvolle Eingangshalle der Bristol Library, wo ihre Schritte auf dem blanken Marmorboden hallten.

»Sieht nicht übel aus?«, fragte Harry.

»Das hat sie gesagt.«

»Gefällt mir. Die Frau verfügt über ein gutes Urteilsvermögen und hat auch noch Geschmack.«

»Findest du nicht wichtiger, was ich über Syd herausgefunden habe?«

»Natürlich«, antwortete Harry. »Aber weniger hätte ich von dir auch nicht erwartet.«

Weiter vorn sah Harry den Empfangstresen für die Präsenzbibliothek, vor dem sich eine kleine Schlange gebildet hatte. Hinter dem Tresen saß eine Frau vor Ablagefächern mit Papieren und Karteikarten, die sich der Besucher annahm.

Harry sah zu Kat, die ihm stumm zunickte, was so viel heißen sollte wie »Du bist dran!«.

»Hast du eine Idee, wie du es angehst?«, fragte sie. »Heute ist eine Menge Improvisieren gefragt.«

»Oh, nicht die geringste. Ich werde mich wohl auf meine hervorragenden Instinkte verlassen müssen.«

Er grinste ihr zu, drehte sich um und beobachtete, wie es am Tresen voranging.

Dabei dachte er nach …

Sie wussten, dass Syd wahrscheinlich im Juni hergekommen war. Aber sie konnten nur *raten*, ob er in der Bibliothek gewesen war, und selbst wenn, würde sich kaum jemand hier an ihn erinnern.

In letzter Minute jedoch sah er, wie der Mann vor ihm ein Formular ausfüllte, ehe er in die Bibliothek ging, und da fiel Harry etwas ein.

»Ja?«, fragte die Frau hinterm Tresen, die nur flüchtig aufsah.

»Guten Tag«, begrüßte Harry sie und schenkte ihr sein charmantestes Lächeln. »Ich war im Juni schon mal hier und habe ein wenig recherchiert, und jetzt muss ich meiner Kollegin das Material zeigen. Sie ist aus New York zu Besuch und nur den Tag in Bristol.«

Die Frau schaute auf und musterte Kat aufmerksam. »Die Dame muss ein Formular ausfüllen.«

»Hervorragend«, sagte Harry und beobachtete, wie Kat vortrat, um sich einen Stift und ein Formular zu nehmen.

»Sicher ist es ein schrecklicher Umstand, aber die Sache ist die«, sagte Harry, »dass ich mich partout nicht mehr erinnere, an welchen Bänden ich hier gearbeitet habe. Deshalb frage ich mich, ob Sie vielleicht so freundlich wären, in den alten Suchkarten nachzusehen? Es würde mir so viel Zeit ersparen …«

»Hm. Eigentlich tun wir so etwas nicht.«

»Ich wäre Ihnen überaus dankbar«, sagte Kat, die ihr das ausgefüllte Formular reichte. »Es ist meine einzige Chance, und diese Bibliotheken hier sehen so viel besser aus als die in New York.«

Ein starker amerikanischer Akzent und ein perfektes Zeitgespür, dachte Harry.

»Na gut, ausnahmsweise«, antwortete die Frau und sah wieder zu Harry. »Der Name?«

»Buckman«, antwortete Harry lächelnd. »Sydney Buckman.«

14. Die Wahrheit tritt ans Licht

Kat saß neben Harry an einem freien Tisch im Hauptlesesaal der Bibliothek. Um sie herum beugten sich viele andere Leute – Studenten oder Akademiker vielleicht – über Notizblöcke und Bücherstapel.

Bisher waren die geheimnisvollen »Bände«, die Syd Buckman im Juni eingesehen hatte, noch nicht da.

Harry blickte auf seine Uhr.

»Es ist schon Mittag«, sagte er. »Was mag nur …?«

»Pst!«, zischte eine Stimme hinter einem der Bücherstapel.

Kat grinste Harry zu und wollte etwas flüstern, als zwei Bibliotheksmitarbeiter mit lauter riesigen Lederbänden auf sie zukamen.

»Mr Buckman?«, fragte einer leise und blieb vor ihnen stehen.

Harry nickte.

Nahezu ehrfürchtig legten die beiden die großen Bände auf ihren Tisch und gingen ohne ein weiteres Wort ihrer Wege.

Kat sah zu Harry, zog einen der Bände heran und las den Aufdruck auf dem Rücken: »*Bristol Evening Press, 1920, 1. Januar bis 31. März*. Was …?«

»Vier Bände, die das gesamte Jahr abdecken?«, fragte

Harry kopfschüttelnd und zog sich ebenfalls einen Band heran. »Gebundene Ausgaben der Lokalzeitung. Und ich frage mich, was an 1920 so besonders gewesen sein mag.«

Gemeinsam hoben sie langsam den schweren Lederdeckel des ersten Bandes, unter dem die Originalzeitungen zum Vorschein kamen – eng bedruckt und sorgfältig gebunden.

»Dreihundertfünfundsechzig Ausgaben«, flüsterte er. »Ich fürchte, das wird eine Weile dauern.«

»Dreihundertsechsundsechzig, um genau zu sein«, sagte Kat. »Und kein Schlagwortverzeichnis. Wonach suchen wir denn bloß?«

»Ich habe keinen Schimmer«, antwortete Harry achselzuckend. »Wenn ich raten muss, alles, was mit Mydworth zu tun hat – vielleicht auch mit Wildern.«

»Und Shreeve?«

»Ja, gute Idee. Vergessen wir auch nicht unseren mysteriösen Unbekannten Mr Mulcahey.«

Er stand auf, zog sein Jackett aus und hängte es über seinen Stuhl, ehe er sich wieder setzte und mit einem Band anfing.

»Erinnert mich an Schulprüfungen«, sagte er. »Und nicht auf nette Weise, wohlgemerkt.«

»Deine Zeit läuft ab jetzt«, flüsterte Kat, die sich vorbeugte und zu lesen begann.

Zwei Stunden später stand Harry abermals auf, um den ersten seiner zwei Bände zuzuklappen. Ihm verschwamm schon die Sicht vom anstrengenden Überfliegen der vielen Artikel, weil er sich bei der kleinen Schrift enorm konzentrieren musste.

Er schaute hinüber zu Kat, die gleichfalls mit ihrem Band durch war und ihn erschöpft wegschob.

»Nichts, hm?«, fragte sie.

»*Rien!* Obwohl ich einige Cricketergebnisse nachlesen konnte, die ich in dem Jahr verpasst hatte. Furchtbare Testmatches. Ich bin froh, dass ich die nicht sehen konnte. Da war ich, glaube ich, gerade in Athen.«

Er sah auf seine Uhr. Nur noch zwei Stunden, bis die Bibliothek schloss.

Gemeinsam nahmen sie sich die nächsten zwei Bände vor. Allein zum Aufschlagen brauchten sie beide Hände.

»Das ist wie die Suche nach der Nadel im Heuhaufen, ohne überhaupt zu wissen, ob man nach einer Nadel sucht«, flüsterte er und beugte sich über die erste Seite.

Doch Kat reagierte nicht. Er blickte zu ihr und erkannte sofort, dass sie gefunden hatte, wonach sie auf der Suche gewesen waren.

»Kat?«

Sie bejahte stumm und sichtlich schockiert.

Harry rückte näher zu ihr, legte eine Hand auf ihren Arm und schaute auf die Stelle in der Zeitung, auf die ihr Finger zeigte.

Dort, auf der Titelseite der ersten Zeitung, inmitten der engen Schrift und der winzigen Anzeigen kleiner Geschäfte am Ort, prangte eine Fotografie mit einer Überschrift und einem Artikel darunter.

Die Überschrift lautete: *Mordverdächtiger entkommt bei Gerichtstumult.* Und die Fotografie bildete ein sehr vertrautes Gesicht ab, wenngleich zehn Jahre jünger.

In dem Artikel stand: *Tom Mulcahey, Hafenarbeiter, 25, angeklagt des brutalen Mordes an einem Kollegen und zweifachen Vater, Sam O'Leary, bei einer Kneipenprügelei im März, konnte gestern aus dem Gericht entkommen und gilt nun als flüchtig ...*

Harry las den kurzen Artikel, betrachtete erneut die Fotografie und sah dann zu Kat. Er konnte kaum fassen, dass es wahr war. Doch es bestand kein Zweifel.

Tom Mulcahey, der wegen Mord gesucht wurde ... war Fred Nailor, Verwalter auf dem Shreeve-Anwesen in Mydworth.

»Er ist es, oder?«, fragte er.

»Ich mag es gar nicht glauben«, flüsterte Kat sehr leise. »Nailor wirkte so ... so sanftmütig.«

»Er muss entkommen sein, hat eine neue Identität angenommen und ein neues Leben in Sussex angefangen.«

»Aber was bedeutet das? Denkst du, hiernach hatte Syd gesucht – und es gefunden?«

»Ein Zufall kann es nicht sein, würde ich sagen. Die Frage ist, was Syd mit dieser Information gemacht hat.«

Plötzlich fühlte sich der stickige Lesesaal kalt an.

»Glaubst du, er ist deshalb gestorben?«

Harry zuckte mit den Schultern, denn er war noch dabei, die Einzelteile zu einem Ganzen zusammenzufügen.

»Ich kann nur an Nailors arme Frau denken – und an das niedliche kleine Mädchen. Oh Gott, Harry!«

Sie sah ihn an, und eine unfassbare Trauer spiegelte sich in ihren Zügen. Harry dachte daran, welche entsetzlichen Wogen ihre Entdeckung auslösen würde. Wogen, die sich zu einem Wellenberg auftürmen und so viele Leben zerstören würden.

Sekundenlang starrte Kat ihn an, dann holte sie tief Luft.

»Wir müssen uns Notizen machen«, sagte sie. »Alle Fakten aufschreiben. Und dann ab nach Hause, okay?«

Sie griff nach einem Stift und zog ihr Notizbuch näher zu sich. Es war erstaunlich, wie sie ihre Gefühle bändigen und deren Energie in rationales Handeln umlenken konnte.

Während sie schrieb, überlegte Harry, was als Nächstes zu tun wäre. Sie mussten herausbekommen, wie diese Entdeckung zu Syd Buckmans Tod geführt haben konnte. Und bald formte sich ein Plan, wie genau sie das anstellen wollten …

Es war noch hell, als sie wieder in Mydworth ankamen, und Kat sah die Einheimischen auf den Gehwegen plaudern oder vor den Pubs sitzen und scherzen, während Harry den großen Wagen vorsichtig in Richtung Briar Lane lenkte.

Die ganze Fahrt über hatte ihr Magen gegrummelt – allerdings nicht vor Hunger. Sie hatten sich unterwegs in Salisbury einen späten Imbiss in Form von Brot, Käse und einer Flasche Wasser besorgt, den sie auf der Fahrt zu sich genommen hatten.

Nein, Hunger war es nicht gewesen. Vielmehr eine tiefe Traurigkeit und Furcht vor dem, was auf Fred Nailors Familie zukommen würde.

Während die Meilen vorbeigerollt waren, hatten sie besprochen, was sie nun tun mussten, um den Mann zur Rechenschaft zu ziehen. Was auch immer er an Verbrechen begangen haben mochte. Und wie sie in dieser schrecklichen Situation die Unschuldigen schützen konnten.

Danach hatten beide geschwiegen.

Harry hielt auf dem schmalen Weg vor dem Cottage der Buckmans an. Gemeinsam stiegen sie aus und gingen zur Haustür. An dem lauten Gebrüll drinnen erkannte Kat, dass Billy Buckman zu Hause war.

Gut, denn seinetwegen sind wir hier.

Harry klopfte fest an die Tür. Die Stimme im Haus verstummte, und Sekunden später schwang die Tür auf. Billy stand da, das Gesicht gerötet und die Augen blutunterlaufen. »Sie! Ich habe Ihnen doch gesagt« – Billy zeigte mit dem Finger auf Kat –, »dass wir genug von Ihren blöden Fragen haben. Dies ist mein verdammtes Haus, und ich will …«

Billy kam nicht dazu, den Satz zu beenden, denn Harry trat vor. Als würde er ein lästiges Insekt einfangen, packte er den Finger und benutzte ihn, um Buckman den Arm umzudrehen.

Dessen erste Reaktion war ein Heulen. Und um sich dem Schmerz zu entwinden, kam er einen Schritt vor und sank auf der Schwelle auf die Knie.

Alles in einer geschmeidigen Bewegung.

Was haben die beim diplomatischen Corps meinem Mann bloß beigebracht? Das ist ein hübscher Kniff.

»Bedaure, alter Knabe«, sagte Harry, der Buckmans Finger losließ, nachdem der seinen Zweck erfüllt hatte. »Hatte ich nicht erwähnt, dass meine Frau es nicht schätzt, wenn Leute mit dem Finger auf sie zeigen? Stimmt doch, nicht wahr, Liebling?« Harry sah zu Kat.

»Ich kann es nicht ausstehen«, bestätigte sie.

»Da hören Sie es«, sagte Harry an Billy gewandt, der sich noch auf den Knien krümmte, obwohl die Ursache seiner Verrenkungen bereits beseitigt war.

»Muss eine amerikanische Eigenart sein. Wer weiß! Jedenfalls, Mr Buckman, Billy, wie wäre es, wenn wir diese kleine Unterhaltung drinnen fortsetzen? Es ist furchtbar unhöflich, uns vor der Tür stehen zu lassen, meinen Sie nicht?«

Mit diesen Worten schritt Harry an Billy vorbei ins Cottage.

Kat staunte, wie er eben noch witzig und unbekümmert sein konnte, um im nächsten Moment so energisch zu werden ... *falls nötig.*

Und während sie ihm folgte, musste sie zugeben ... dass ihr das gefiel.

Drinnen stand Elsie Buckman in eine Ecke gedrängt, wrang einen Lappen zwischen ihren Händen und hatte den Blick eines verschreckten Kaninchens, als ihr Mann zurück ins Haus stolperte und sich den Arm hielt.

»Also, fangen wir noch mal von vorn an«, sagte Harry. »Sie hatten mit Ihrem Sohn Syd etwas ausgeheckt. Und ich schätze, dass Sie sehr wohl von seinem kleinen Ausflug nach Bristol wussten.«

Harry wedelte mit der Quittung vor dem Gesicht des Mannes herum.

»Sie haben gewusst, was Syd gemacht hat, stimmt's, Mr Buckman?«, fragte Kat. Sie stockte, weil die Mutter des Jungen alles mit anhörte, doch anders ließ es sich nicht formulieren: »Was vielleicht zu seinem Tod geführt hat?«

Für einen Moment kam es Kat vor, als wäre Billy, der wie Quasimodo dort stand, sprachlos. Ein-, zweimal öffnete er seinen fast zahnlosen Mund und schluckte Luft wie ein Fisch auf dem Trockenen.

»Wir waren heute in Bristol, Billy. Und ich könnte mir denken, dass sich Sergeant Timms gern mit Ihnen unterhalten würde, wenn wir ihm sagen, was wir wissen«, ergänzte Harry.

Kat war, als würden sie ein schwindelerregendes Tennis-Doppel spielen, aber sie hielt wacker mit. »Oder Sie erzählen uns alles. Helfen Sie uns und Ihrer Frau, dann müssen Sie eventuell nicht ganz so lange einsitzen.«

Langsam machte Billy sich gerade.

Er schniefte und blickte um sich, als suchte er nach einem ihm bisher unbekannten Fluchtweg.

Oder er versuchte bloß, ein wenig Würde zu gewinnen. *Die er ohnedies nicht im Übermaß besitzt.*

»Na gut. Ich erzähle es Ihnen. Ist nicht nötig, die Polizei zu holen.«

Der Mann blickte kurz zu seiner Frau. Und dieser Blick signalisierte: Was immer er zu sagen im Begriff war, es würde schmerzhaft für sie werden.

»Ich habe dem Jungen alles beigebracht, was ich weiß. Aber diese Geschichte, auf die er sich da eingelassen hatte … Das hatte er nicht von mir.«

Beim Reden ging Billy zu dem Küchenschrank, in dem der billige Whisky stand.

Doch ehe er die Halbliterflasche herausholen konnte, sah Harry ihn an und schüttelte den Kopf.

Er sollte lieber so klar wie irgend möglich bleiben.

Tatsächlich gehorchte Billy dem stummen Kommando und nahm die Hand wieder herunter.

Und Harry konnte es nicht erwarten, zu hören, was er zu sagen hatte.

»Als Syd zurückgekommen ist und angefangen hat, mit Geld um sich zu schmeißen, habe ich gleich gewusst, dass was nicht stimmte. Ich habe rausgefunden, dass er in Bristol gewesen war, und, na ja … Ich habe ihm gesagt, dass er seinem alten Herrn verdammt noch mal sagen soll, was er im Schilde führt. Immerhin haben wir ihn ja all die Jahre durchgefüttert.«

Harry schwieg. Sollten sie gleich erfahren, wie es zu dem Mord an Syd kam?

»Und dann hat er es mir erzählt. Alles hatte unten im King's Arms angefangen. Mit einem anderen Wilderer. Der hatte Syd erzählt, dass jemand im Dorf nicht der ist, der er sagt, und dass er in Bristol was Übles getan hatte. Und dass das für einen hellen Burschen, der gern mal was riskiert, eine günstige Gelegenheit wäre.«

»Erpressung?«, fragte Harry.

Billy nickte.

»Haben Sie gewusst, wen Ihr Sohn erpresst hat?«, fragte Kat.

Harry bemerkte ihren strengen Tonfall. *Sie weiß wahrlich, wie man schwierige Fragen stellt.*

»Nein, deshalb war er ja in Bristol gewesen. Er hatte einen Namen.«

»Tom Mulcahey?«

»Hä? Ja, *der*. Mulcahey. Jedenfalls hat Syd gewusst, als wer sich dieser Mulcahey ausgibt – aber er hat nicht gewusst, was der verbrochen hatte. Das hat er aber rausgekriegt, nicht wahr? In Bristol.«

Harry sah zu Kat und holte Luft. *Jetzt kommt die Preisfrage.*

»Und hat er es Ihnen verraten?«

Billy schüttelte den Kopf. »Nee, das wollte er mir nicht sagen. Egal wie sehr ich den dummen Jungen angeschrien habe! Aber er hat gesagt, wenn ich still bin, gibt er mir was von dem Geld ab. Und weil ich ja sein Dad bin und so habe ich gemacht, worum er mich gebeten hat.«

»Deshalb und weil Sie Geld bekommen haben«, fügte Harry hinzu. *Welch liebender Vater!*

»Das war doch bloß gerecht! Er hat hier im Haus gewohnt, hier gegessen … ja, klar.«

»Damit ich es richtig verstehe, Billy. Syd ist mit dem Namen nach Bristol gefahren und hat herausgefunden, was die Person getan hatte. Dann war er neben dem Wildern auch noch als Erpresser unterwegs? Und Sie haben es gewusst und ihm geholfen?«

Billy schaute ihn wie ein gefangenes Tier an.

Und benetzte sich die Lippen, als er wortlos bejahte.

Nun machte Harry einen Schritt auf den Mann zu. War ihm jemals der Gedanke gekommen, seinen Sohn vor der Gefahr zu warnen, in die er sich begeben hatte? Nein, nicht Billy Buckman.

»Gibt es sonst noch etwas, das wir wissen sollten?«

»N…nein, nichts, was ich weiß, Sir Harry. Ich *schwöre!*«

Harry nickte und wandte sich zu Kat, die sich ihrerseits zu Elsie Buckman umdrehte. Die arme Frau war aus so vielen Gründen verängstigt.

Was wird als Nächstes passieren?

Leise sprach Kat mit ihr. »Elsie, ich möchte, dass Sie weiter mit Nicola in Kontakt bleiben. Sie zieht mit dem Büro des Women's Voluntary Service um, aber es bleibt in Mydworth. Und sie kann Ihnen helfen, falls Sie irgendetwas brauchen.«

Harry bemerkte, wie sie Billy einen hübsch warnenden Blick zuwarf.

»*Egal was*. Und Sie wissen ja, wo Sie Sir Harry und mich finden.«

Die Frau nickte.

»Tja, Kat, ich denke, wir sind hier fertig«, sagte Harry.

Er ging zur Tür, öffnete sie, und etwas kühle, aber immer noch milde Abendluft wehte herein.

Draußen blieb Kat stehen und horchte, ob Billy wieder seine Frau anbrüllte.

Stille.

»Ich denke … er wird sich zusammenreißen«, sagte Harry zu ihr, der wusste, warum sie innehielt.

»Das will ich ihm auch geraten haben.«

Sie stiegen in den Wagen. Bevor Harry den Motor anließ, sah Kat ihn an.

»Als Nächstes müssen wir wohl die Polizei hinzuziehen, hm?«

»Ja, es muss sein. Wir wissen nicht, ob Nailor Syd Buckman umgebracht hat, aber sehr wohl, dass er wegen eines anderen Mordes gesucht wird. Und für den muss er vor Gericht gestellt werden.«

»Es ist aber schon spät, nicht?«

»Meinst du, es kann bis morgen warten?«

»Ich meine, wir sollten damit bis morgen warten«, antwortete Kat. »Wir können es der Familie nicht heute Abend eröffnen – nicht um diese Zeit. Das wäre herzlos. Ganz gleich, was Nailor getan hat oder nicht, ich möchte es nicht noch schlimmer machen – für noch mehr unschuldige Opfer.«

Harry nickte. »Du hast recht. Warum sollte er fliehen? Sei ihnen diese letzte gemeinsame Nacht gegönnt.«

Er ließ den Wagen an, und als er losfuhr, rutschte Kat zu ihm und lehnte ihren Kopf an seine Schulter.

So fuhren sie bis nach Hause.

15. Gerechtigkeit

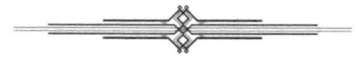

Im frühen Morgensonnenschein stand Kat mit Harry bei dem Alvis und schaute zu, wie zwei von Timms' Constables Fred Nailor in Handschellen aus dem Verwalterbüro des Anwesens führten und hinten in einen Polizeitransporter setzten.

Bevor sich die Doppeltüren schlossen, blickte Nailor hinüber zu Harry und ihr.

»Wissen Sie«, sagte er plötzlich, »ich w…wollte bloß meine Familie schützen.«

Kat kam es so vor, als wollte er diesen vermutlich letzten Moment nutzen, um sich zu verteidigen.

»Ich konnte doch nicht zulassen, dass ihnen was passiert, oder?«

Ja, er legte sich seine Verteidigung zurecht. Und als Timms' Constables die Türen zuknallten, dachte Kat … Manchmal fühlten sich verzweifelte Menschen in die Ecke getrieben. Vielleicht war es sogar meistens der Grund, weshalb jemand mordete.

Eine Bewegung am Shreeve-Haus lenkte sie ab, und Kat drehte sich um.

An einem der Fenster vorn stand Melissa und blickte hinaus. Diesmal trat die junge Frau nicht zurück in den Schatten.

Der Polizeitransporter fuhr über den Kiesweg fort, und Kat sah, wie Shreeve aus dem Verwalterbüro und auf sie zukam.

«Eine schlimme Sache«, sagte er und schüttelte ihnen die Hände. »Eine ganz schlimme Sache.«

Kat nickte.

»Und verflucht unangenehm«, fuhr Shreeve fort. »Gute Verwalter findet man nicht wie Sand am Meer, wissen Sie? Er wird schwer zu ersetzen sein.«

»Ich hoffe, dass Mr Nailors Frau und Tochter vorerst noch in ihrem Cottage bleiben können«, sagte Kat.

»Das Cottage gehört zu der Stellung«, antwortete Shreeve. »Sie können es so lange behalten, bis ich einen Ersatz gefunden habe.«

Kat spürte, dass Harry sie ansah – eventuell um ihr zu bedeuten, dass es nicht der richtige Zeitpunkt für diesen Kampf war.

Er hat recht. Aber ich werde dennoch einen Hinweis fallen lassen …

«Natürlich«, sagte sie. »Doch Nailor stand bisher nicht für den Mord in Bristol vor Gericht, und es gibt keinen Beweis, dass er mit Syd Buckmans Unfall etwas zu tun hatte.«

»Oh, für eine von beiden Taten wird er hängen. Für beide, wenn es nach mir ginge«, sagte Shreeve. »Ich sage Ihnen, es ist offensichtlich, dass Nailor ein falscher Hund ist. Das Tragische ist, dass er uns alle so lange an der Nase herumführen konnte. Ich bin nur verteufelt froh, dass Sie beide sein Spiel durchschaut haben.«

»Mr Shreeve«, erwiderte Kat. »Ich denke wirklich …«

»Na aber«, sagte Harry, der etwas näher auf Shreeve zuging. »Seien wir nicht voreilig, was, Mr Shreeve? Nun, Lady Mortimer wäre bereit, zu Nailors Cottage zu gehen und alles zu erklären, falls es Ihnen recht ist.«

»Ist sie?« Shreeve sah Kat an. »Nur zu, Lady Mortimer. Lieber Sie als ich, meine Gute.«

Kat lächelte nicht, und Shreeve wandte sich verlegen wieder Harry zu.

»Deshalb dachte ich«, fuhr Harry fort, »dass es vielleicht eine gute Gelegenheit wäre, diesen Whisky zu trinken, den Sie bei unserem letzten Besuch angeboten hatten.«

»Whisky? Hm, ein wenig früh, aber was soll's? An einem Morgen wie diesem – mit der Polizei und allem – warum nicht? Und ich könnte Ihren Rat brauchen, woher ich einen Ersatz für Nailor bekomme, Sir Harry. Ich will ja keinen faulen Apfel pflücken, nicht?«

Kat bemerkte, dass Harry ihr zunickte, bevor er mit Shreeve zusammen zum Haus zurückging. Gleichzeitig trat Melissa aus der Haustür und winkte ihrem Vater auf dem Weg zum Auto sehr knapp zu.

»Lady Mortimer«, sagte sie.

»Kat, bitte. Wie geht es Ihnen?«

Melissa zuckte mit den Schultern, ehe sie auf die Polizeiwagen deutete, die noch vor dem Verwalterbüro standen.

»Was glauben Sie, was die da machen?«, fragte das Mädchen.

»Nach Hinweisen suchen, vermute ich. Nach Beweisen.«

»Ist es nicht furchtbar? All das hier, meine ich. Mein Vater sagt, dass Sie und Sir Harry alles herausgefunden haben.«

Kat bejahte stumm. Dann fiel ihr etwas ein.

»Melissa, wie gut kennen Sie Mrs Nailor und ihre kleine Tochter?«

»Sehr gut«, antwortete Melissa. »Die kleine Aggie ist so witzig.«

»Es ist nur so, dass ich zum Cottage gehe, um Mrs Nailor zu erzählen, was passiert ist. Es wird ein schrecklicher Schock für sie sein, keine Frage. Und ich überlege …«

Mehr brauchte sie nicht zu sagen.

»Ob ich mich so lange um Agnes kümmere? Und in der Nähe bleibe? Ja, selbstverständlich. Wann wollen wir hingehen? Jetzt?«

»Ja, jetzt wäre ideal«, antwortete Kat.

Zusammen wanderten sie in Richtung Wald, wo Nailors kleines Cottage stand.

Sollte das Schlimmste eintreten und Nailor für schuldig befunden werden, müsste jemand diese Frau und ihre Tochter unterstützen.

Und Kat hatte das Gefühl, dass Melissa sich für die beiden starkmachen würde.

»Cheers«, sagte Harry, erhob seinen Whisky mit Soda und stieß mit Kat an.

»Chin-Chin«, entgegnete sie. Nachdem sie einen Schluck von ihrem Gin-Tonic getrunken hatte, lehnte sie sich auf dem großen Chesterfield-Ledersofa zurück. Die Abendsonne fiel durch die Stabkreuzfenster hinein. »Gott, das habe ich gebraucht!«

Die Bar im Eagle and Child – Mydworth' ältestem Hotel, das innen ganz auf Eichenbalken und große Sofas setzte – war leer, und obwohl Harry den Gläser polierenden Barkeeper sehen konnte, bezweifelte er, dass jemand ihr Gespräch mithörte.

»Was für ein Tag, hm?«, fragte er.

»Das kann man wohl sagen. Es war eine gute Idee, zum Abendessen herzukommen. Wir haben uns eine kleine Belohnung verdient, denke ich.«

»Unbedingt.«

»Gibt es Neuigkeiten von Timms?«

»Nailor hat seine wahre Identität gestanden. Anscheinend wirkte er beinahe erleichtert, dass man ihn entlarvt hat.«

»Das kann ich gut verstehen. Ich nehme an, dass er hier neu angefangen hat, aber die Vergangenheit muss ihn belastet haben. Was sagt er zu Syd Buckman?«

»Nicht viel. Er hat bestätigt, dass der Bursche ihn erpresst hat. Deshalb ließ er ihn auch wildern.«

»Aber er gesteht nicht, ihn ermordet zu haben?«

»Nein«, antwortete Harry kopfschüttelnd. »Und wenn sie nicht beweisen können, dass er in dem Wald war, haben sie keine Anklage.«

»Denkst du, dass er es war?«

»Ja, das denke ich«, sagte Harry. »Einer von Shreeves Leuten – ein junger Kerl – hat gesehen, wie er sich in der Nacht von der Gruppe weggeschlichen hat.«

»Und es nicht direkt erwähnt?«

»Aus Loyalität, schätze ich. Als Timms ihm von Nailors Vergangenheit erzählt hat, hat er gestanden, was er gesehen hatte. Ob Nailor Syd töten wollte oder es lediglich ein Kampf war, der aus dem Ruder lief, weiß ich nicht. Doch letztlich dürfte es für ihn mit dem Fall in Bristol ohnehin vorbei sein.«

»Also hat Shreeve recht? Er wird mit seinem Leben bezahlen?«

Harry nickte. »Höchstwahrscheinlich. Heute Morgen bei Nailors Frau muss es hart gewesen sein. Was ist mit der kleinen Tochter?«

»Ohne Melissa hätte ich es nicht gekonnt«, sagte sie.

»Ich mag sie. Sehr viel lieber als ihren Vater, muss ich zugeben.«

»Das dürfte auf Gegenseitigkeit beruhen. Übrigens hatte ich sie gegenüber Nicola vom WVS erwähnt. Ich denke, sie könnte eine nützliche Freiwillige sein.«

»Gute Idee. Dann hast du Nicola heute gesehen?«

»Ja, ich war heute Nachmittag kurz bei ihr, um sie auf den neuesten Stand zu bringen.«

»Schön«, sagte Harry. »Nichts hiervon wäre ohne Nicolas Hartnäckigkeit geschehen ... und ihrem Wunsch zu helfen.«

Er sah Kat an, die sich ein wenig aufgesetzt hatte und die Stirn runzelte. Sofort spürte Harry, dass sie ihm etwas Wichtiges mitzuteilen hatte. »Was hat sie gesagt?«

»Ha, du kennst mich zu gut, Harry!« Kat nahm noch einen Schluck von ihrem Gin, stellte das Glas ab und beugte sich näher zu ihm. »Da war wirklich etwas Interessantes. Sie hat ein neues Büro gefunden, direkt in der Dorfmitte, ein wenig größer ... und rate mal! Sie hat genug Geld, um das nächste Jahr abgesichert zu sein. Anscheinend gibt es einen anonymen Wohltäter.«

»Gut für sie.«

»Oh ja. Doch es heißt – nun ja – sie hat mich gebeten, hin und wieder auszuhelfen. Beim WVS. Nur ein paar Tage die Woche. Was meinst du?«

»Ich hoffe, du hast zugesagt!«

»Habe ich. Am Montag fange ich an.«

»Sehr gut«, sagte Harry und erhob sein Glas. »Es ist für einen exzellenten Zweck, und du weißt, dass du es wunderbar machen wirst.«

»Natürlich ist es erst mal Büroarbeit. Und mit den Frauen reden, die reinkommen, mir Notizen machen. Überhaupt nicht wie ... nun ... wie dieser *Fall*.«

»Du lieber Himmel, nein!«, sagte Harry.

»Na ja, eigentlich ist Mydworth ja ein ruhiger kleiner Ort, nicht? Sicher gibt es hier Eheprobleme, Schwierigkeiten auf der Arbeit, ungezogene Kinder …«

»Ohne Frage.«

»Nicht, dass ich etwas gegen die Aufregung gehabt hätte.«

»Natürlich nicht.«

»Oder es vermisse, einige jener … *Fertigkeiten* zu nutzen, die ich mir im Dienst für mein Land angeeignet habe.«

»Kein bisschen.«

»Also, auf das ruhige Leben, mein Gemahl!«, sagte sie und erhob ihr Glas erneut.

Doch ehe Harry mit ihr anstoßen konnte, kam der Hotelportier zu ihnen und beugte sich über den Tisch.

»Sir Harry Mortimer?«

»Der bin ich.«

»Ein Anruf für Sie, Sir, im Büro des Geschäftsführers. Und, ähm, sie haben gesagt, dass es dringend ist.«

Harry blickte Kat fragend an, und sie zog gleichfalls die Augenbrauen hoch.

Dann stand er auf und stieß mit ihr an.

»Auf das ruhige Leben!«, sagte er. »Und möge es lange so weitergehen.«

Nachdem er sein Glas geleert hatte, stellte er es hin und ging zum Telefon.